パウル=ツェラーン

ツェラーン

・人と思想

森　治著

129

CenturyBooks　清水書院

はじめに

二〇世紀を顧みて改めて思うことは、両世界大戦をはじめとする多くの戦争とそれにまつわる人間の非道である。ことに第二次世界大戦のアウシュヴィッツと広島の惨劇である。ドイツ系ユダヤ人の子として北部ルーマニアのツェルノヴィッツ（現ウクライナ、チェルノフツィ）に生まれたツェラーンは強制労働に従事した経験をもつが、両親と多くの同胞を強制収容所で失っている。そのとき受けた致命的な心の傷を詩人は五〇歳前にセーヌ川に身を投げるまで持ち続けた。この傷痕は人間がいかに常規を逸しうるかの例証として人類共通の負の遺産としなければならない。

本書は第I部でパウル＝ツェラーンの生い立ちを追うが、時期的にはユダヤ人の受難が頂点に達する第二次大戦と、戦後ブカレストとウィーンを経てパリに出発する一九四八年までである。人生の前半期は迫害の嵐が発生し、猛威を振い、沈静化する時期と重なる。ツェラーンは文字通り受難を生きたのである。

詩人が経験した極限的・非人間的状況は彼を従来の世界観や芸術観から決定的に分断させる。何か途方もない大きな力が詩人と言葉を根底から揺さぶり、変質させてしまったかのようである（本名アンチェル Antschel から筆名ツェラーン Celan への語句転綴《アナグラム》による改名は詩人の存在そのものに生じた切断と転回に対応する)。第II部は詩人としてのツェラーンを扱い、詩の言葉の読解を通じて思想解明を試みる。

ツェラーンにとって死は生と同様、いやそれ以上に切実であった。特に深い絆《きずな》で結ばれていた母親の死は死についての思念を徹底させる契機となった。そして死自体が当初の消極性から積極性へと変容し、詩を生む母胎にさえなる(第一章「死をめぐって」)。

初期のツェラーンはシュールレアリスムの影響が窺え、また忘却と想起についての無意識の問題にも深い関心を寄せている。そして早くから詩論が詩の必須要素としてかかわってくる(第二章「回帰する時間」)。

無意識への深化は人間存在自体の内部への掘り進めと連動する。存在の根底における無の発見はやがて無の転回を招来し、次に無が主体となって存在を宰領《さいりょう》する仕儀となる。これは詩論との関係で言えば、詩の不可能性とその転回としての不可能性の詩の成立ということである(第三章「深淵への下降」)。

ツェラーンの詩に導かれながら深淵に降っていく過程で、ある境界を突破すると、空無のなかから水が出現するという経験をもつ。水は死と生、不可能性と可能性を相互に変換し合う。また詩論的には水は根源的な言葉の発生に必要なエレメントとして機能している(第四章「『水』との出会い」)。

水が消滅したあとに大きく口を開く無。それは否定性の権化であると同時に、存在に向けて積極的・肯定的な一歩の踏み出しを実現させる。ツェラーンがビューヒナーから引用するリュシールの逆らう言葉としての「王様万歳」も、レンツの逆立ちも、無からの自由な一歩という詩の考え方と符合する（第五章「無の栄光」）。

その非被造性ゆえにあらゆるものから離脱している無は詩を背後から支えながら、詩が今は不可能ではあるが可能的な現実と読者を獲得すべく、それに能動的に向かっていくのを助ける。対話の相手となるべき他者はあらかじめ与えられてはいないが、それを出現させずにはおかない強い信念をもって、ツェラーンは詩の伝達可能性を創りあげる。さらに詩はその背後の無を他者とする自己対話という側面をももっている（第六章「他者」）。

ツェラーンの生涯を貫くテーマは否定性の徹底的な受苦とそこからの甦《よみがえ》りである。否定性がなくなるというのではない。否定性が極まったとき、否定性そのままにすでに境界通過が完了しているということなのである。この転回の呼吸はほとんど言語を絶する出来事であるが、ツェラーンの詩のなかではつねに果てしなく行われている（第七章「否定性の実現」）。

リルケとツェラーンは何かにつけ比較の対象となるが、両者の作品を読み比べることによって、後者の現代的意味を一層明らかにしたいと思う。そして最後に、神が彼岸と此岸に自己分裂した状況を踏まえながら、断片化した神がディアスポラとなって内在性のなかに四散することのなかに、新たな再構築と全一性恢復の可能性を見定めたい（第八章「裏返しの讃歌」）。

以上、本書の概観である。

ここで私事にわたることをお許し願いたい。一九七〇年の春、ツェラーンがセーヌ川に入水した頃、筆者はドイツ文学を学ぼうと東京に出て来たものの、まだリルケのことで頭が一杯で、詩人の死はおろか、その存在さえほとんど知らない状態であった。リルケと格闘し、自分なりに一応の把握が出来たと思い込んだのはよかったが、リルケの内面空間の呪縛《じゅばく》から抜け出すのはなかなか容易でなかった。ツェラーンとの出会いはそんな時期にあたる。神田をぶらついていて、いきなりアルチュール＝ランボーに叩きのめされたという小林秀雄のひそみにならえば、その時筆者は、池袋をぶらぶら歩いていた、と書いてもよい。とある書店の書棚からふと取り出したのが飯吉光夫氏訳の『迫る光』（思潮社）である。箱入りのかなり贅沢な造りの大型本で、黒い文字とそれを取り巻く広大な空白に訳もなく吸い寄せられていた。文字や言葉の内容以前の事柄である。

そんなことがあってから、ツェラーン関係のものには注意を払うようになった。しかし何しろツェラーンの詩が読めない。辞書を片手に一応の訳はつけてはみるものの、結局は意味不明である。何度繰り返し読んでも同じ。無駄とは知りつつ再度挑戦しても結果は一つ。ついには自暴自棄になったり、自分の詩的センスや能力に絶望したり。しかしどういう訳か、理解のレベルを超えた何かに引きつけられるように言葉を追いかけている自分。一種の業《ごう》のようなものであろうか。そして時として師の一言や論文から恵与される覚醒とおぼしき経験。

爾来《じらい》二〇年余。何度かブランクはありながら、よくも飽きもせずやってこれたものだと我ながら呆れもするが、近頃は分からなくても以前ほど苦にならなくなった。老化現象といえばそれまでだが、分からないことのもつ意味の重大さをむしろ尊重すべきものと考える。

ツェラーンから読み取り、消化吸収したものを、貧しいながらもともかく思想というまとまったかたちで公にすることになった。筆者の力量不足は本人が最もよく自覚しているが、このささやかな仕事がツェラーンが永い将来にわたって本当に読まれるようになるための路傍の里程標となることを願っている。一般読者の皆様には一篇の詩とは言わないまでも、一行の詩句、そのまた片言隻《へんげんせき》語《ご》との真の出会いを通じて、ツェラーンの求める来たるべき読者になっていただきたいと思う。本書がその一助ともなれば、これに過ぎる喜びはありません。

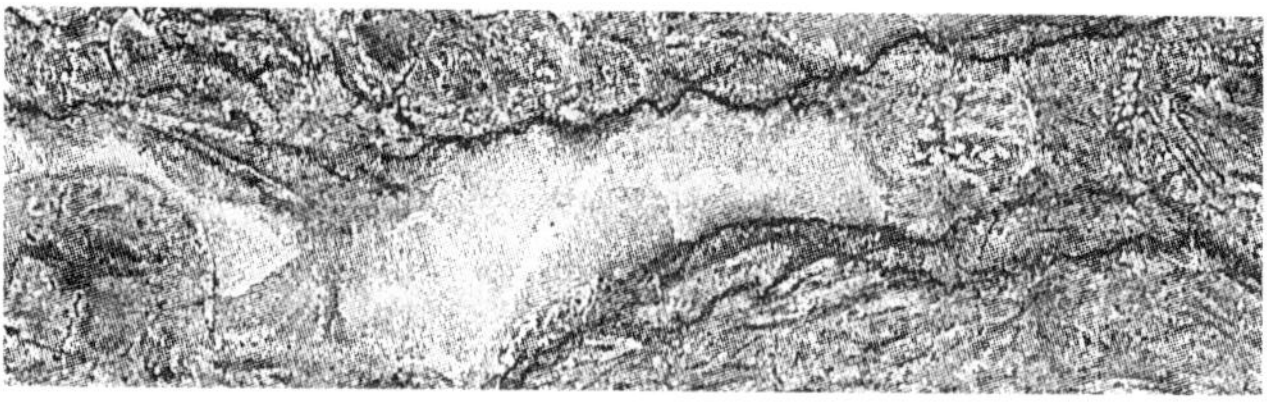

目次

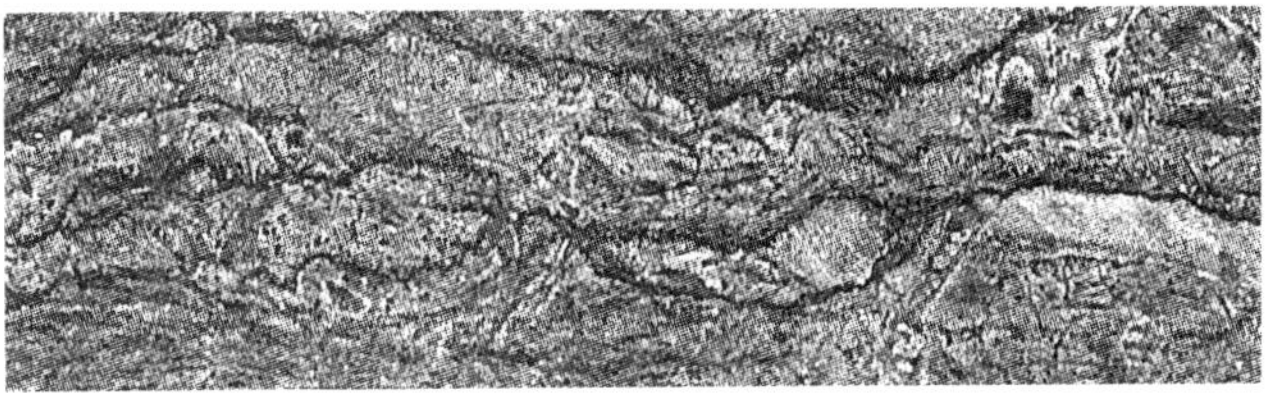

ツェラーン関係地図

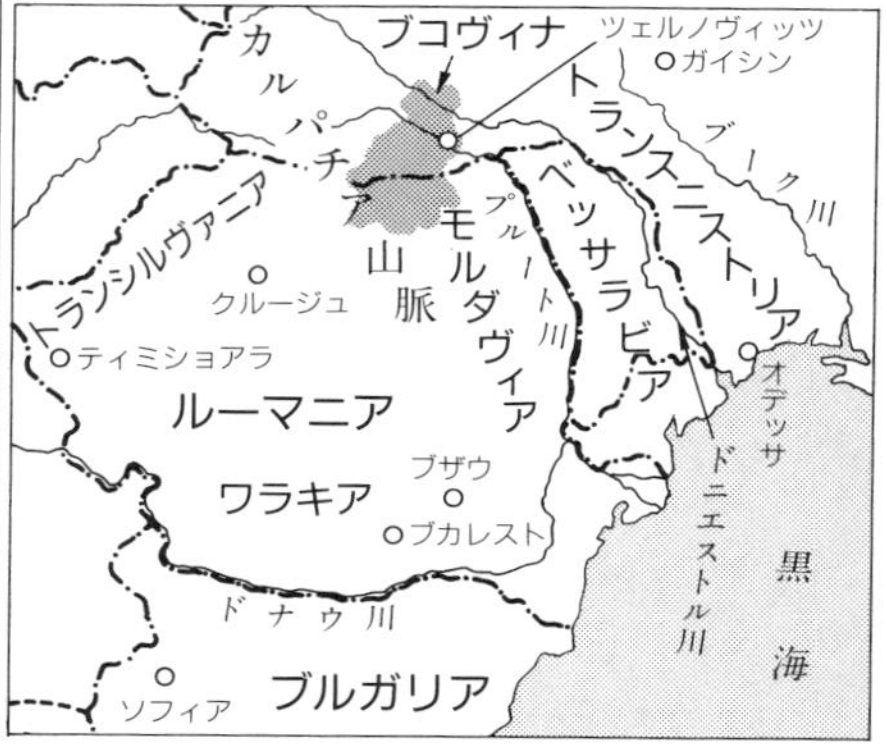

ブコヴィナ地方

I　詩人となるまで——パウル＝アンチェル

故郷ブコヴィナ

わたしが出てまいりました地方——何という回り道をたどって！　しかし、回り道というようなものはそもそもあるのでしょうか？——わたしがみなさまのまえに出てまいりました地方はみなさまのほとんどの方々には未知の土地であるかもしれません。それはマルティン゠ブーバーがわたしたちみんなにドイツ語で再び語ってくれたあのハシディズムの物語のかなり多くが生まれた地方です。〔中略〕それは人間と書物が生きていた地域でした。

ブコヴィナ前史

ツェラーンは一九五八年のブレーメン文学賞受賞の際の挨拶のはじめのところでこのように自分の出自を紹介している。彼の故郷はこのようにドイツの知識人にとってもなじみのない、ヨーロッパの東の辺境にあり、またそこではユダヤ教がハシディズムの物語によってユダヤ人の生活の中に根づいていた。しかしその故郷も第二次世界大戦とナチス゠ドイツによるユダヤ人迫害によってそれまでの古き良き時代のユダヤ的伝統を失う。ツェラーンは故郷との絆を絶たれ、パリに亡命しながら、いまここに外ならぬドイツ語でドイツ人を前にして挨拶を述べている。しかもその賞は彼自

ツェルノヴィッツの市役所前

身一度も定住したことのないドイツのハンザ自由都市ブレーメンから贈られたものなのである。

ツェラーンの生まれた地方はブコヴィナという。スロヴァキアとポーランドの国境付近から東にカルパチア山脈がアーチ状にのび、ウクライナ西部を経てルーマニア北部へと連なっている。その山脈の中央部から南東部にわたる森林豊かな丘陵地帯がブコヴィナで、現在その北部はウクライナ、その南部はルーマニアに属している。カルパチア山脈の峠を西方へ越えればトランシルヴァニア、ハンガリーへと通じ、また東方はプルート川、ドニエストル川、ブーク川を下って黒海とつながる。古来この地方は商業、軍事上の要地であったが、一つの国家としてまとまることはなかった。

一〇世紀にはキエフ-ロシアの支配下にあったが、一二、三世紀にガリチア-ボルイニ公国に属した。ルーマニア人は一二世紀にトランシルヴァニアからカルパチアの峠を越えてブコヴィナにはじめて入って来たが、南の山岳地方に住み、全人口の三分の二を占めるほどであった。ドイツ人も中世以来、建築士、職人、商人として移住した。ドイツの領邦から追放されたユダヤ人は一三世紀以降、この地方の友好的な領主に受け入れられ、しだいに商人として裕福となっていった。一四世紀の中頃にはモルダヴィア公国が成立して、この地方を支配するが、この頃からブコヴィナは地域として一つのまとまりを示すようになる。モルダヴィア公国はやがて一六世紀初めにはオスマン帝国の配下に置かれるが、この状態は一八世紀後半まで続いた。

一七六八～七四年の露土戦争でロシアはオスマン帝国に対して決定的勝利を得ると、ブコヴィナはオスマンの支配から脱する。一七七四年、ロシア軍がこの地方から撤退すると、オーストリアが占領し、翌年、領有する。ここは多民族から成り、ウクライナ人、ルーマニア人、ユダヤ人、ドイツ人、ポーランド人、ハンガリー人、フツーレ人、スロヴァキア人、チェコ人、アルメニア人、ジプシーなどが住んでいた。ウクライナ人がこの地方の全人口の三分の一を占めたが、ドニエストル川とプルート川の間の平地では過半数となっていた。ルーマニア人は南の山岳部に多く住んだ。中世以来ここにはドイツ人もいたが、ハプスブルク家はその後新たに獲得したこの地域にドイツやハプスブルク帝国の各地方から開拓者を住まわせた。こうしてドイツ人の大規模な植民がおこなわれ、社会・文化の指導的地位はドイツ人によって占められるようになる。しかしドイツ人は少数民族であることに変わりなく、人口の九パーセントを占めていた。その他の民族は三パーセントを超えることはなかったが、例外はユダヤ人で一二パーセントにものぼった。度重なる露土戦争はロシアやポーランドに経済危機と反ユダヤ主義的な非行を生じさせたが、ユダヤ人の多くは比較的戦禍に見舞われなかったモルダヴィアの北のこのブコヴィナに逃れてきたのである。

ユダヤ人の地位向上

ブコヴィナの中心都市ツェルノヴィッツに移住したユダヤ人難民はオーストリアの軍事的支配をなんとかしてはねつけようとした。マリア＝テレジアの子であり、神聖ローマ皇帝でもあったヨーゼフ二世（一七四一～九〇）は当時、オーストリアの啓蒙専制君主として農奴解放、修道院解散、農民保護のための土地税制の改革、貴族の特権排除、商工業の育成など啓蒙的諸政策を強行するとともに、一方ではドイツ語の強制によって中央集権的官僚機構の整備を合理主義的、画一的に進めていた。また彼はユダヤ人を追放するどころか、国家に有用な要員として取り込み、大地主に振り分けて土地改良事業に当たらせたり、優秀な商人や職人として育成しようとした。こうした皇帝の考えは実を結ぶことになる。約一五〇年に及ぶオーストリア支配の下、この経済的に最も遅れた地方では、土地獲得の際の税の優遇、職業選択の自由、政治的同権によってユダヤ人は経済的に差別されることなく統合され、そのなかから著名な農業従事者や多数の有能な職人が輩出した。しかしこうした比較的安定した状態も一九四一、二年頃のナチス-ドイツによるユダヤ人追放と迫害で一挙に終わりを告げることになる。

この地方のユダヤ人はモルダヴィア公国の領主の臣民であった頃から宗教の自由や教区の自治、教育の自治を享受していた。オーストリア帝国に組み込まれ、従来の諸権利を剝奪されようとしたときも、彼らは粘り強く闘ってこれを守った。しかし同胞の内部に宗教問題で深刻な対立が生じた。一八世紀の中頃、東方ユダヤ人の正統的なユダヤ教の伝統がハシディズムという、民衆に根ざした宗教改革運動によって脅かされる。ハシディズムは正統的なラビによって異端と見なされ、執拗に闘いを挑まれた。この内面的な敬虔主義的運動は聖俗一如の信仰を主張するが、ポーランド南部やウクライナのユダヤ人大衆の間に広まった。したがってブコヴィナは正にハシディズムの故郷といえる。その教えはカバラの教えの大衆化されたもので、ユダヤ教の祭儀法を守ることよりも、内面的な神への奉仕の重要性を説く。ハシディズムはユダヤ教の深遠な教義を理解できない普通のユダヤ人にも物語を通して語りかける。正統派や知識人からは異端、迷信といわれながらも、その深い真実性はやがてブーバーをはじめとする現代のユダヤ教神学者らによって証明されることになる。

一八四八年の三月革命はウィーンにおいて短期的に成功をおさめたが、ユダヤ人に市民権を与えるまでには至らなかった。しかしユダヤ人の地位は翌年の行政改革によって向上した。このときブコヴィナはガリチアから分離して皇帝直轄領として一つの行政単位をなすこととなる。ここでユダヤ人はドイツ人と合わせて住人の三分の一を占めていた。住民の多くはウクライナ語やルーマニア語を母国語としていたが、ユダヤ人の母国語はドイツ語であった。ユダヤ人は一八六七年、ついに解放を獲得する。ユダヤ人の平等化によって、ユダヤ人内部での反啓蒙主義運動にも終止符がうたれた。ハシディズムはたしかに第二次世界大戦まではある種の重要性をもちえていたが、第一次世界大戦中のロシア軍による巡礼地サダゴラのツァディーク（ハシディズムの指導者）の宮殿の破壊に象徴されるように、しだいに衰微していく。

「黄金時代」

解放から第一次大戦までの約半世紀、ハプスブルク家支配の最後の数十年はブコヴィナに住むユダヤ人にとって「黄金時代」であった。ウィーンやその他のオーストリア領地で反ユダヤ主義が高まりを見せていたのに対し、ブコヴィナではそれがほとんどみられなかった。ユダヤ人はオーストリアに対してはドイツ人にも優る愛国心をもっていたと同時に、スラヴ人やルーマニア人の民族統一運動を牽制する役割を演じていたのである。

ブコヴィナの活発な文化活動はユダヤ人からの刺激によるところが大きい。ツェルノヴィッツ市立劇場は自分の劇団の上演以外に、ウィーンからも劇団を招待したが、ユダヤ人はそこの熱心な観客であり、後援者であった。音楽の分野でも彼らは例えば音楽協会のオーケストラを支援することで音楽振興の能力を示した。またブコヴィナの歴史と芸術のための郷土博物館も彼らから助成を受けている。

一八七五年にはツェルノヴィッツにフランツ＝ヨーゼフ大学が創設された。講義はドイツ語で行われた。世紀転換期には聴講生の三分の一をユダヤ人が占めていた。またユダヤ人の大学教師も当時は町でも珍しくなかった。さらにユダヤ人ジャーナリストたちによって三種類の日刊新聞と若干の雑誌がドイツ語で発行されていた。ドイツ語で書くユダヤ系詩人は一九一八年、オーストリア＝ハンガリー二重帝国が解体し、翌年サン＝ジェルマン条約によってブコヴィナがルーマニアに併合されてからも何人かはいた。ユダヤ人の発行するドイツ語による新聞雑誌はツェルノヴィッツでは一九四〇年まで続く。

ブコヴィナの経済はユダヤ人の解放によって多大な利益をうけた。ユダヤ人は大地主となったり、巨大な森林財産を管理して木材輸出に活力を与えた。またユダヤ人の農場経営者は農業の近代化に大きく寄与した。さらに工業を振興し、製材、製粉、醸造、砂糖、セメント、ガラス、繊維などの工場を単独で、あるいは非ユダヤ系資本家と共同して設立経営したのもユダヤ人であった。今世紀初頭、ユダヤ人の工場主、商人、銀行家は皇帝直轄領の経済において指導的地位を占めていた。しかしながらブコヴィナはオーストリア＝ハプスブルク帝国内では最後進地域であることに変わりなかった。

第一次大戦中、ユダヤ人の兵士や将校はウクライナ人やルーマニア人よりも愛国的であった。オーストリア＝ハンガリー二重帝国のなかに彼らは彼ら自身の自由の保証人を見ていたのである。自分の住む国土が戦場と化すとユダヤ人は悪名高いコサックから逃れて帝国の内部へと移動したが、一方ではウクライナ人やルーマニア人はロシアの侵入を歓迎することもまれではなかった。

第一次世界大戦後のブコヴィナ

一九一八年、オーストリア＝ハンガリー二重帝国が第一次大戦に敗れ、崩壊すると、ブコヴィナの人民会議は前年のロシア革命の影響をうけ、北ブコヴィナのウクライナ併合を決議した。しかし同年一一月、ルーマニア軍が占領する。そして翌年のサン＝ジェルマン条約によって全ブコヴィナはルーマニアに帰属することになった。連合国はかつての帝国内の少数民族の独立に民族自決の原則を適用しようとしていた。ブコヴィナのユダヤ人をはじめとするすべての少数民族は自分の権利を表明し、サン＝ジェルマンの講和会議に彼らの要求を提出した。しかしブコヴィナを与えられたルーマニアが予定されていた少数民族の権利容認を強硬に拒否したため交渉は何か月も長引いた。結局は列強の最後通牒とルーマニアの政権交替によって条約に署名がなされる。一九二〇年、パウル＝ツェラーン誕生の年である。

第一次大戦の戦勝国に加えられたルーマニアはブコヴィナやトランシルヴァニアなどの諸地域を併合し、長年の宿願であった統一を実現した。ヴェルサイユ体制に反対する国々やソ連からは大ルーマニア主義または小帝国主義という批判が出され、少数民族問題は諸民族を多くかかえる地域の併合によって一層複雑になった。ユダヤ人が最も集中していたのはベッサラビア、モルダヴィア、ワラキア、ブコヴィナ、トランシルヴァニアである。ユダヤ人はルーマニア人口の四パーセント以上を占めたが、モルダヴィア、ベッサラビア、ブコヴィナの都市部では二五ないしは三五パーセントにも達していた。ユダヤ人の三分の二は都市に住み、残りは農村に暮していた。ユダヤ人労働人口のうち四〇パーセント以上は工業あるいは手工業従事者、さらに四〇パーセントは貿易や商業に携わり、三パーセントが専門職業人と公務員だった（一九三〇年の国勢調査によれば、ルーマニアの総人口一七八九万五〇〇〇のうち少数民族はその二九・二パーセントを占め、その主たる内訳は、ハンガリー人一四二万六〇〇〇、ドイツ人七四万五〇〇〇、ユダヤ人七二万八〇〇〇、ロシア人四〇万九〇〇〇、ウクライナ人三八万二〇〇〇、ブルガリア人三六万六〇〇〇、ジプシー二六万三〇〇〇である）。

ルーマニアは少数民族の権利を守ることには消極的であった。ブコヴィナを出来るだけ早くルーマニア化することが関心事であった。特にそのねらいはオーストリアの支配下においてユダヤ人が所有していたすべての地位を奪うことであった。ウクライナ人学校の閉鎖のような差別的措置がとられることもあった。しかし少数民族の権利承認の義務を果たすため、少なくとも各民族の母国語の使用を学校教育で認めた。ユダヤ人はヘブライ語およびイディッシュ語の授業を要求した結果、国語の時間に選択科目としてその学習が可能となった。だがルーマニアは二〇年代の終わりには少数民族の学校のルーマニア化を徹底させ、授業で教える言語の選択権は私立学校にしか与えられなくなる。そして高等学校卒業（大学入学）資格試験《アビトゥア》は受験生全員がルーマニア語で受けることが義務づけられた。

ルーマニアの支配下でユダヤ人問題は三〇年代半ばまでしだいに尖鋭化していった。ルーマニアの民族文化への同化の試みもブコヴィナのユダヤ人には何ももたらさなかった。ヘブライ語の授業とパレスチナへの移住を声高に訴えるシオニストたちの動きが目立ってくる。第一次大戦後の一〇年間でシオニズムはブコヴィナのユダヤ人のあいだで最も激しい政治運動となるが、三〇年代には下火となる。それに替って共産主義が多くの若いユダヤ人の共感をよんだ。

「プルート河畔の小エルサレム」

第一次大戦が終わったときルーマニアは領内に住む全ユダヤ人にルーマニア国籍を与えるとの約束をしたにもかかわらず、その義務を果たさず、かえってユダヤ人の諸権利に対して攻撃を加えた。その攻撃はしだいに激しくなり、一九三八年にはかなりの数のユダヤ人がルーマニア市民権を奪われるほどになった。厳しい経済的差別と反ユダヤ主義が行きわたる。所有地も一部没収され、国家公務員はルーマニア人にとって替られる。しかしブコヴィナのユダヤ人は自分たちの市民権の尊重と生活スタイルの維持のために倦《う》むことなく闘い続けた。ルーマニアの憲法によって彼らに与えられた権利は完全に行使された。

　ブコヴィナのユダヤ人はルーマニア支配の時代になっても母国語のドイツ語を手放さなかった。古い世代はルーマニア語を全く学ばなかったが、学んだとしても当局とのかかわりに必要なだけに止めた。新しい世代は学校でこの国語を学ばされたが、これと個人的に親しむ者はほとんどいなかった。ユダヤ人はハプスブルク帝国の崩壊のなかに世界の没落を見ていた。しかしオーストリアの伝統は依然として彼らの内部に生き続けていた。

「十分遠いところにあっても到達できるもの、到達しなければならないものはウィーンでした」。ツェラーンはブレーメン文学賞受賞のとき、そう述べていた。ブコヴィナの大学生はオーストリアの大学を好んだ。ルーマニアはユダヤ人学生に対し、医学部に大学入学者制限《ヌーメルスークラウズス》を適用したが、こうしたことがユダヤ人のウィーンでの遊学に拍車をかけることになる（一九二〇年代にはウィーンを中心に約二〇万人のユダヤ人がいた）。ツェラーンはブコヴィナを指して、「人間と書物が生きていた地域」と言ったが、そこの書店は大抵ユダヤ人が所有していて、ウィーンやベルリンやライプチヒの最も重要な新刊書を提供していた。

　ツェルノヴィッツは第一次大戦後、公的にルーマニアの地方都市となったが、実際はドイツ語を話すユダヤ人の町と見なさざるをえなかった。町の総人口一一万人のうちユダヤ人が約五万人を占め、「プルート河畔の小エルサレム」と冗談にも呼ばれるほどであった。ユダヤ人は町全体に住んでいたが、町の中心部の商店の看板はほとんどがユダヤ人の名を示していた。商店、オフィス、弁護士事務所、診察室はユダヤ人の所有であった。銀行家から仕立屋、床屋にいたるまですべてがユダヤ人であった。

幼少年時代

父と母

ツェラーンは一九二〇年一一月二三日に生まれた。両親は息子をパウルと名づけた。生後一週間して新生児はユダヤ教の儀式のなかで「ペサッハ」というヘブライ語名をもらう。これは父の母方の祖父の名でもあった。正統派のユダヤ人の宗教感情にとってヘブライ語名は不死の魂を表し、各世代を通じて伝えられなければならない。「ペサッハ」とは「過越祭」とも呼ばれるユダヤの復活祭のことである。春の初めになるとユダヤ人は彼らの先祖がエジプトから脱出したのを記念して民族の誕生と神の救いの恩恵を祝うのである。

パウルの父はレオ＝アンチェル＝タイトラー、母はフリーデリケ（旧姓シュラーガー）という。二人は一九二〇年の初めに結婚した。時代が貧しかったこともあって、若いカップルは結婚式がすむと、夫の家族の家に移ったが、居間兼寝室としてレオの独身時代の部屋が宛がわれた。そこがパウルの生まれた部屋ともなった。

ヴァシルコ通五番地にある古い二階建の賃貸住宅の一階に新婚の二人は住むことになった。しかも慎ましい三部屋の住宅にレオの父――母は三年前に亡くなっていた――とレオの二人の独身の妹、レギーナとミンナも同居したのである。しかしフリッツィ（フリーデリケの愛称）は義妹たちと仲

ツェラーンの生家
ツェルノヴィッツ（チェルノフツィ）のヴァルシコ通5番地にある。金子章氏撮影

が良く、家計も共同で営まれた。二人の娘は兄嫁には友好的で、彼女の指示によろこんで従った。

薪の仲買人をしていたレオはこの仕事を友人の勧めで一九一八年から始めたが、その時彼は解体しつつあったオーストリア軍からブコヴィナに帰った後であり、自分の専門に見合う仕事に就けないでいた。彼は戦争勃発の直前、国立の建築実科学校を卒業し、建築技師の免許証を受けてはいたが、なにしろツェルノヴィッツでは建築なるものが行われていなかったのである。戦後の初めの時期、ブコヴィナの経済は落ちこみ、失業者は多数にのぼった。かつての商人の多くは最も重要な食品であるとうもろこし粉や、唯一の燃料としてカルパチア山脈の森が提供する薪の取引を始めた。自分で商売をする資金のないレオは仲買の仕事で満足しなければならなかった。慣れない仕事で最初は大変であったが、勤勉と正直によって広く信用を獲得し、かなり大手の木材取引商会の常任代理商となることができた。レオの収入は長い間少なかったにもかかわらず、この職業から離れなかった。そのため彼と家族は少なくとも飢えから免れることができた。レオは前線に出発する前に婚約したフリッツィ＝シュラーガーと結婚するまで二年待つことになるが、その間に三〇歳になっていた。

　フリッツィは商人のフィリップ＝シュラーガーとその二度目の妻アデーレ＝エールリヒの娘として一八九五年、ツェルノヴィッツの隣町サダゴラで生まれた。フィリップ＝シュラーガーは前世紀の終わりに東ガリチアからブコヴィナに移住してきたが、フリッツィの母が亡くなると、ツェルノヴィッツに定住した。アデーレは三人の子を残したが、フリッツィはその長女であった。一二歳で母に死なれたフリッツィは四歳の妹ブランカと二歳の弟ブルーノの世話を引き受ける。彼女はこの務めを献身的に果たした。それから四年後、彼女の父は三番目の妻を迎えるが、この時、子供たちはいずれも健康で立派に成長していたうえに、フリッツィはすでに家政の重要な支えとなるまでになっていた。フリッツィに課せられたこのような法外な要求のために、彼女の学校教育が犠牲となった。正規の国民学校以外には短期の商業課程に通っただけであった。しかし学校で学べなかったことは読書で補った。彼女は早くから読書家で、暇さえあれば本を読んでいたという。特によく読んだのはドイツの古典作家で、こうして得られた文学的教養は後年、息子のパウルによい影響を及ぼしたことはいうまでもない。弟妹たちが大きくなるとフリッツィは商店の事務所で働いた。第一次大戦中も彼女は保母をしながら家計を助けた。

独身時代のフリッツィ
第一次大戦中

　レオとフリッツィの結婚は幸福な印象を与えるが、夫の家族との同居のため、一緒に仲良くやっていくためには双方とも克己と理解を必要とした。少女の頃から家事の切盛りには慣れていたフリッツィは主婦の役目を立派にこなした。家の中は常に清潔に輝いており、料理も彼女にかなうものはいなかった。世間つきあいはなく、親戚間の訪問が相互にあっただけである。彼女はいずれも母親に死なれた自分の妹と義妹たちに対しては的確な助言を与え、感化を及ぼし、母親のような存在であった。後に「家族全員の教育係」と呼ばれるほど、彼女はおしみなく世話をした。

実際的なブコヴィナ人

　パウルの両親はユダヤの伝統につねにつながっていた。しかし伝統を損わない限りは、実際的なブコヴィナ人として生活を簡素化し、身軽にした。それはフリッツィがリベラルな父から、レオが兵隊生活から学んだことであった。夫妻はヴォルフ＝タイトラーが存命中は、この敬虔な老人に敬意を払ったが、一九二四年に亡くなると、二人の生活ぶりは一層自由になった。しかし神への信仰と教団への忠誠に変化はなかった。フリッツィは金曜の夜には安息日のろうそくに火をともし、食事の掟を守ったが、レオが土曜日も仕事をしなければならず、また一九四〇年にはソ連が占領するに及んで、そうした生活はほとんど不可能になった。それでもユダヤ教の大祭日である新年と贖罪日だけはシナゴーグに出かけた。

　レオは他の多くのシオニストと同じく、パレスチナへの移住というシオニズムの目標を抱いていた。現実には実現は疑問であったが、息子がこれを達成してくれることを願っていた。妹のミンナが三〇年代の初め、若くして結婚すると同時に夫とパレスチナに移住したとき、彼の希望はふくらんだ。彼は息子パウルにユダヤの地にいる叔母との文通を勧めた。

パウルは一人っ子であったため兄弟姉妹への憧れは強かった。特に妹への願望は切実で、初期の詩にはしばしば妹が登場する。パウルは周囲の人々からさまざまな感化を受けながら成長していくが、父方のタイトラー家からはユダヤ教を、アンチェル家からは自然への愛着を、そして母方のシュラーガー家とエールリヒ家からはドイツ語への愛情を受け継いだ。故郷の自然と人間の風景は未来の詩人の内部に豊かな創造の源泉をつちかう。しかしその泉も第二次大戦の戦火と灰によって蹂《じゅう》躙《りん》され、埋められてしまう。それにもかかわらず、やがて民族の記憶はさらにその奥底へと遡り、廃墟のなかから再び歌となって甦るのである。

厳しい躾《しつけ》と二人の従姉妹

両親は息子に市民的教育を施したが、ユダヤ教の倫理は宗教としてよりも道徳として組み込まれた。そしてパウルは厳格な躾によって性格においても立居振舞いにおいてもしっかりすることと、将来の立身出世とを期待されていた。権威主義的な教育は両親にとって当然のことであり、特に父は普段はおとなしかったが、父権を厳格に行使することを自分の義務と思っていた。息子の躾をすることの出来る父親だけが彼を愛している、というユダヤの教えの信奉者であったのである。

レオは身長は妻より頭一つ分低く、風采はあがらず、経済的にも家族を十分養っているとはいえ

母方の親類とともに　後列左より母，父，叔母。前列左よりパウル，祖母，一人おいて祖父。1923年。

なかった。妻に対しては頭があがらず、諍《いさか》いをおこすこともなかった。しかし息子には逆に厳しく、幼い子供らしいしくじりにも容赦なく叩くことがあった。パウルは非常に感じやすい子であったために、こうした父の暴君的な振舞いに大いに苦しんだことと思われる。母親は厳しい教育の価値を認めていたが、叱られた息子には優しく慰めて愛情を示した。

　幼年時代はもっぱら大人のなかで過ごしたパウルは両親の教育方針に自分を合わせ、言いつけをよく守った。身体はきちんと清潔に保ち、食卓では何一つ食べ残さず、余計な口を利いてはならなかった。反抗しようものなら激しく咎《とが》められ、叩かれた。

　一九二三年、父の妹レギーナが結婚し、家を出る。そして翌年、同居していた祖父ヴォルフ＝タイトラーが亡くなる。この時、北ブコヴィナの遠縁の親戚ナーゲル家の依頼により、ツェルノヴィッツの女子高等学校に通うことになった二人の娘が家族の仲間入りをした。

　学齢期に達するまでパウルはこの二人の従姉妹クララとエンマに遊んでもらうことができた。大人は多忙で少年を相手にする暇がなかったのである。パウルにとって意義深かったのは二人が朗読したり、語ってくれた童話や物語であった。ウィーンから叔母レギーナの夫が持ってきたグリム童話やベルタ叔母がやはりウィーンから送ってくれたその他の児童書であったが、それがすむとブコヴィナの民話の宝庫へと移っていった。パウルは倦《う》むことなく傾聴し、やがてすべての話を復唱するようになった。最後に少女たちは自作の話を語りだすと、彼自身、童話を作り、物語りを始めるほどであった。

幼稚園から国民学校へ

五歳でパウルは幼稚園に入る。マイスラー幼稚園といい、中流家庭の、しかもユダヤ人の子供だけが通園した。ルーマニア語はほとんど使われず、もっぱらドイツ語によって教育が行われた。排他的で費用のかかるこの幼稚園はパウルの家庭の経済状態からすれば不釣合であったが、両親は息子のためにどんな犠牲も厭わなかった。パウルは将来、町でも最上の階級に入り、ドイツ語を出来る限り純粋に保ち、知的な職業に就いて、名誉と安楽の暮らしをする、これが両親の願望であった。父親はユダヤ教の教育の必要性を考えていたが、母親はそれはまだ先の話で、それより一層重要なのはドイツ語だ、という意見であった。彼女がつねに心掛けたことは家の中で正しい文章語のドイツ語を話すことであった。ブコヴィナの日常語は彼女には我慢できなかったのである。

一九二六年の秋、パウルは国民学校に入学する。初学年はマイスラー学院で過ごした。学院にはドイツ語で授業が行われる四学年の共学の国民学校があった。彼はそこでは、おとなしく、もの静かではあっても優秀な生徒ではなかった。彼の中に潜在する本来の能力はまだ発現していない。

入学後一年して、学院の高い学費の負担に耐えられなくなったレオは、第二学年から息子を学費免除のサファ-イゥリヤ国民学校に転校させる。ここはシオニズムの組織によって運営され、ヘブライ語で授業が行われていた。パウルはギムナジウム入学までの三年間をここで学んだ。しかしこの転校は彼の意に添わなかった。マイスラー学院ではすべてが上品で静かであったが、ここでのヘブライ語の授業と騒々しい子供社会は彼には不幸であった。少年はここでヘブライ語とルーマニア語の修得という過大な要求を突きつけられる。父にまつわるものはすべて拒否したいと思っている彼には煩わしいことであった。この学校で学べないものは家で、クララとエンマの二人の従姉妹のもとで補った。シラー（一七五九～一八〇五）の有名なバラードである「担保」や「鐘の歌」を読んでもらっているうちに暗記してしまうのもこの時であった。マイスラー学院の一年でドイツ語の読書を習い始めていたが、いまではウィーンのベルタ叔母が送ってくれた童話を使って勉強を続けていた。

ギムナジウム入学

一九三〇年の秋、一〇歳の誕生日の二か月前にパウルはギムナジウムに優秀な成績で入学する。正教男子ギムナジウムという名のルーマニア国立ギムナジウムで、オーストリアの支配下にあった頃からルーマニアの民族主義の牙城として知られていた。そこは堅実な教育をするという評判のある、ルーマニアのエリート校であった。オーストリア時代も、三〇年代初めのこの頃も、ユダヤ人は歓迎されたわけではないが、受け容れられた。またユダヤ教の授業はすべての学校で行われていたので、両親は心配する必要はなかった。パウルはさらに家庭教師についてヘブライ語を学んでいる。

ギムナジウム時代の最初は何もかもうまくいった。教師は彼の才能、勤勉、熱意に注目し、評価する。パウルも才能ある生徒が少なからずいるなかで首席を目指して努力した。言語の授業は最も容易であった。ルーマニア語教師は彼の語彙《ごい》とユダヤ人生徒には珍しい正確な発音をほめ、フランス語教師は言語の才能に驚嘆した。教師たちはパウルに詩を朗読させたがった。作文はクラス全員の前で模範として読みあげられた。また記述的科学は得意科目であったが、それは以前から好んで続けてきた植物、石、動物の観察の成果である。ただ数学だけは第三、四学年で成績が芳しくなかった。しかし最初の二学年はすべての科目で首席であった。

パウル一三歳の一九三三年、アンチェル家の住宅事情に余裕が生じた。従姉妹のクララとエンマは女子高等学校の修了資格を得て、ツェルノヴィッツを去る。父の妹ミンナは結婚し、夫とともにパレスチナに移住した。ヴァシルコ通の住宅は三人の同居人が出たことにより、完全に両親の裁量に委ねられた。パウルはカスタニエンの並木の見える自分用の部屋を与えられた。

その年の秋からの初級課程第四学年はルーマニアの学校制度では大事な区切りになっていた。いわゆる「小バカロレア」という初級課程修了試験によって上級課程への進学の適否が決定されていたのである。数学では平均点を確保するために懸命の努力が必要であったが、他の科目はそれほど困難ではなかった。彼にとって好都合だったのは家庭教師によるヘブライ語の補習授業から放免されたことである。母の後押しもあり、彼は父にそれを認めさせた。父に対する反抗の始まりである。

一三歳になったパウルはユダヤ教の太古からの伝統にしたがって堅信式を受ける。この宗教的な祝いは「バール＝ミツヴァ」（掟の息子）と呼ばれる。この日から若きユダヤ人は一人前と見なされ、神の掟を自分一人の責任において遂行するとされる。パウルは自由になったと感じた。儀式全体には何の興味も喜びも感じなかった。以後、礼拝にはもはや積極的に参加しなくなる。しかしこの日、嬉しいことに彼は誕生日のプレゼントとして両親の友人であるビットマン夫妻から二巻本の背革装の『ファウスト』を貰い、すぐに読み始めた。ゲーテのこの二巻は勉強机のうえにいつもあったという。ビットマン夫妻には後年、ウィーンで世話になる。パウルは戦後の一九四七年一二月、ルーマニアを出てウィーンに逃れるが、一文無しになってビットマン家に止宿していたことがあった。

反ユダヤ主義の台頭

一九三三年にヒトラーが政権を掌握すると、ドイツからもユダヤ人迫害についての生々しい情報が入ってくる。ドイツにいたパウルの父の兄ダヴィト＝タイトラーはナチスの反ユダヤ主義のために故郷に避難してきた。二、三週間は弟の家の客となったが、やがてブカレストに定住することとなった。パウルは伯父の話を聞くにつけ、ドイツを去らねばならない事情を理解する。一九三四年一月三〇日付の、パレスチナ在住のミンナ叔母宛の手紙のなかで、彼は自分の成績について触れながら、ツェルノヴィッツにも芳しくない状況が生じつつあることを述べている。「問題の成績のことですが、僕は二番というわけです。当然そうなるべきはずの一番ではありません。教授たち、セム族のユダヤ民族に属していること、それとその他の多くの障害のせいです。うちの学校の反ユダヤ主義ときたら、三〇〇ページもの厚い本が書けるほどです。例として、僕の地理学の教授で、自ら災いと名のるツォッパ先生がもう二か月もぶちこまれているという事実だけにしておきましょう。どこかはお分かりのはずです」。

この手紙に出てくる収監中のツォッパはツェルノヴィッツの「鉄衛団」のリーダーであった。この集団はナチスに類似したファッショ的な政党で、一九二七年にC・Z・コドレアヌ創設の「大天使ミカエル軍団」を母胎として三〇年に成立していた。ルーマニアの政治はこの年にカロル二世の即位のあと、三八年に国王独裁制となりファッショ化が進むが、鉄衛団はミハイが王位に就いた四〇年、ドイツに信任のあついアントネスクと組んで連立政権をつくるに至る。しかし翌年、革命をはかるが失敗して解体する。ナチズムの息のかかったこのグループはこうした歴史的推移をたどるが、しかし当初はまず大学のユダヤ人学生に対して暴行を加えるなどして目立っていた。その後、イギリス、フランスなどの西欧列強と当時まだ結びついていたルーマニア政府に対し陰謀を企て始める。ツォッパはこうした政治的陰謀ゆえに逮捕されたのである。パウルは地理学では最も優秀とはいわないまでも最上の生徒のうちの一人であったことはツォッパも認めている。首席の座を明け渡したのはファシストであるツォッパでなく、数学の成績のせいであった。

この頃パウルはもはやクラスの首席でもなく、他の少年と同じように交際をし、友情を求めるようになっていた。一九三四年六月、パウルは難なくギムナジウムの初級課程の修了試験に合格した。

ギムナジウム転校と転居　一九三四年の秋の第五学年の初めにパウルは転校する。理由としてはこれまでのギムナジウムでの反ユダヤ主義の動きが顕著になってきたことがあげられる。またその時期はパウルにとってギムナジウムの上級課程の初学年に当たっていた。パウルが教師に対しこれまで批判をしすぎたということもあるが、反ユダヤ的な傾向のある学校をやめるということは当時のユダヤ人生徒のあいだではごく普通に見受けられた。パウルの両親はこうした風潮のなかで息子の転校の決意を支持する。彼が選んだルーマニア国立第四ギムナジウムはウクライナ-ギムナジウムとも呼ばれていたが、その評判は最もリベラルであり、古いスタイルの有能な教師がしっかりした知識を授けてくれる、というものであった。教師はウクライナ人がほとんどで、オーストリア-ハプスブルク帝国の時代から一貫してドイツ語による教育を守り、一流の教育経験を蓄えていた。ユダヤ人教師も二、三人残っており、新任のルーマニア人も反ユダヤ主義から遠い、民主主義的な思想の持ち主から選ばれた。三〇年代のブコヴィナではそれは理想的といっていい状況であった。さらにこのギムナジウムの生徒の多数はユダヤ人で占められることになった。ブコヴィナのウクライナ人はルーマニアに同化しようとする傾向があり、愛国的な学校に入学させたからである（ウクライナ人もルーマニア人もほとんどが東方正教徒であった）。パウルのクラスの生徒二八人のうち、ウクライナ人は九人、その他は全部ユダヤ人であった。しかしアビトゥアまでの四年間、ユダヤ人と非ユダヤ人の関係は極めて協調的であった。

一九三五年春、アンチェル家は新しい住宅地マサリク通に転居する。パウルの通うギムナジウムはすぐ近くにあった。父は近代的で快適な住宅への母の切ない願望をやっと叶えてやることができたのである。母は家具も新しい明るい家を喜んだし、パウルは友人を心置きなく迎えることができるようになった。

両親との関係と社会への関心

マサリク通一〇番地の二階への引っ越しは一家の幸福を助長するかに思われたし、事実アンチェル夫妻は以前と同様、仲良く暮しているように見えた。しかし実際は妻フリッツィの心は夫から離れ、もっぱら息子に愛情を注ぐ。息子に友人の客が来ると、彼女は会話に参加し、息子の言葉に恍惚として耳を傾けるのだった。彼女は自分を彼らのレヴェルに合わせようと努力した。

パウルも母を敬慕していた。幼年時代からの愛情は思春期を境に再び形を変えて母との強烈な結びつきへと発展した。性的なものは除いて、彼の感情生活のすべては母との理想的な愛情関係に吸収された。母と息子の絆はこうして揺ぎないものになっていった。

パウルは気持ちの上では完全に父親から離れ、しだいに彼を家庭内での脇役としか見なさなくなる。また父の小市民的なシオニズムは拒絶され、生業としての仲買は息子にとって尊敬の対象とはならなかった。単純で正直であるが、仕事で苦労しているレオは多面的な才能に恵まれたパウルにとって人生の手本とはなりえなかったのである。幼年時代からの父の息子に対する厳格な教育、重い罰、さまざまな強制はもはや通用しなくなり、逆に父を息子の生活から排除させる結果を招いた。パウルは宗教とヘブライ語に無関心となり――父は結局そのことを我慢した――、父の承諾なしに夜遅くまで帰宅しなかったり、また左翼系の世界観を公然と身につけるようになった。レオは息子が政治的活動のために獄に入れられることを恐れたが、いまやそれを禁じてみたところでどうなるものでもなく、結局は説得を放棄して自分の部屋に引き籠ってしまうのであった。

パウルは個人の家で開かれる反ファシズムのサークルの集会に定期的に通うようになっていた。親たちは青年たちの政治活動の集まりを理解できないか、理解しても反対できないかであった。パウルは論争にはめったに参加せず、たいていは黙って隅の方に座って、注意して聴いていた。しかし仲間たちは彼がいてくれることに誇りを感じていた。カリスマ的な何ものかが具わっていたものと思われる。

パウルはしかしそこで何を聞いても満足できなかった。『資本論』と『共産党宣言』を読み始めるが、それほどの感銘はなかった。唯物論は退屈で反発すら覚えた。しかし偶然手にした別の書物は逆に彼に強く訴えかけた。無政府主義者クロポトキン（一八四二～一九二一）の『相互扶助論』である。クロポトキンのなかに彼はマルキストにはない温かい人間性と生の栄誉を見た。また『ある革命家の思い出』も読んでいる。父なるツァーに対する革命であるロシアの無政府主義は、自分の父に対するパウルの反乱に対応している。さらにロシアから追放された革命家トロツキー（一八七九〜一九四〇）はいわば父スターリンによって冷遇され、勘当された息子としてパウルの共感をよぶ。

一九三五年から三六年にかけての第六学年はパウルの青春時代で最も幸福な年月に数えられる。多くの友を得、同級生たちから讃嘆され、もはや首席ではなくなってはいたが、教師たちには注目された。自分自身の世界を発見し、そのなかにしっかり根付いているのを感じていた。

一九三六年七月、スペイン内乱が勃発したが、この時パウルはスペインの共和国政府支持派の闘士のために募金活動をしている。これは「赤い援助」と呼ばれたが、政府内では共産党の影響力が強く、この戦いに参加した部隊の指導者がほとんど共産党あるいはその系統の人物であったからである。彼の政治行動といえば具体的には生涯を通じてこれ位のものである。純粋に政治的な動機があってのことというより、むしろ直接的な人間的連帯によるものであった。

ギムナジウム時代のツェラーン

読書三昧

最終学年に近い頃になると、パウルには学校は将来の勉学のための前提、必要悪としか考えられなくなっていた。良い成績を取ろうとの野心も失い、私的な読書に多くの時間を費した。ドイツ語、フランス語、歴史、地理は難なく良い成績が取れたが、そうでない科目は次の学年への進級ができる「可」の成績で良しとした。

家にいるときや退屈な授業中、彼はドイツ・フランス・ルーマニアの文学、世界史、記述的科学、特に植物学を読んだ。自由な午後にはトインビー＝ホールや大学の図書館で多くを過ごし、大型本や百科辞典、辞書、その他さまざまな分野の専門書を読み漁った。その多読ぶりは常に他人を圧倒していた。学校でコルネイユやラシーヌが扱われているとき、彼はすでにヴェルレーヌやランボーと取り組んでいたし、クラスがシラーやゲーテに留まっているときには、早くもヘルダーリーンやリルケに達していた。彼を生字引といって驚嘆する者もいれば、刺激を与える模範だと考える者もいた。教師たちは時々パウルと討論したが、いくつかの分野では彼の方が抽《ぬき》んでていた。

ギムナジウム最後の二年間、クラスは文学の部門と自然科学の部門とに分かれた。パウルは勿論、前者に進んだが、授業としてこれまでのラテン語にさらにギリシア語が新たに加わった。その代わり数学と物理がなくなった。

この頃パウルはリルケの『旗手クリストフ＝リルケの愛と死の歌』を読んで魅了される。詩より歌といえるこの作品は音楽的に調《しらべ》や拍子を変えながら、リズムに乗り、飛躍しては生き生きとしたファンタジーを展開させている。パウルは一九三六年の夏休みにこの薄い詩集を友人たちに朗読して感動を与えた。

しかし別の機会にリルケの『形象詩集』を朗読したときは、もはや彼らの理解は得られなかった。

それどころか揶揄《やゆ》の対象にすらなった。これを機にパウルは以後二度と級友たちの前でリルケを読むまいと決心する。そして彼は詩を仲立として心を分ち合える相手を少女たちのなかに求めるようになっていく。

　女友達の一人に青い目とブロンドの髪のエディット＝ホロヴィッツがいた。一九三七年のことと思われるが、パウルは友達のグスタフ＝ショメットの家で隣に住む彼女と知り合った。エディットは文学に関心をもっていた。彼女の父カール＝ホロヴィッツ博士はオーストリアの時代にはゲルマニストとしての仕事に就いていたが、後にルーマニア語での授業を余儀なくされると、銀行員に転身し、文学研究は私的な楽しみとして続けていた。町で二番目の規模を誇るという彼の蔵書はドイツ文学の宝庫であり、パウルは自由に利用することを許された。ホロヴィッツはメーリケ、シュトルム、C・F・マイアー、ケラー、ヤーコプ＝ヴァッサーマン、レーオンハルト＝フランク、ヘッセを薦めたが、特にヘッセを大いに尊敬しており、その夫人ニノンとは学校時代に同級生であった。後には中世ドイツ文学や初期表現主義文学の手ほどきをすることになる。またパウルはここでクラブント、トラークル、ハイムの詩を知り、さらにゲオルゲ、シュトリッヒの文学史、リカルダ＝フーフのロマン主義論を読んでいる。ここでパウルはさらに、将来エディットの夫となるヤーコプ＝ジルバーマンによって二冊

ホーフマンスタール

の本と出会う。一つはホーフマンスタール（一八七四～一九二九）の『チャンドス卿の手紙』、もう一つはカフカ（一八八三～一九二四）の『村医者』である。前者は言語に対する信頼を喪失し、事物の存在の統一性をもはや確信できなくなった人間の精神状況を描いているが、これは二〇世紀の詩人が共通して担う文学の危機の先駆的な告白である。しかしジルバーマンは抒情詩は一般に沈黙の境界に達するも、決して沈黙を余儀なくされているのではないことに注意を喚起している。ホロヴィッツ家ではパウルを交えてこの問題が論じられた。またカフカは以後、彼を呪縛し、生涯に渡って読み続けられることとなる。

詩の創作とギムナジウム卒業

パウルは一九三八年頃まで少女だけが会員の読書会を各家庭持ち回りで開いている。ところで彼には親しく交際したといえる相手はいなかった。彼は少女たちとの付き合い方を知らず、敬遠していたきらいがある。彼の愛する唯一の女性は母親であった。

読書会ではリルケ以外にやがてヘルダーリーンやトラークルが読まれた。そしてさらに抒情詩から演劇へと範囲は拡大していった。シェークスピアのドイツ語訳を各参加者が役を分担して読み始めたが、うまく行かないとわかると、声帯模写の上手な彼自身が男女の役のすべてを引き受けた。オフィーリアの狂気の場面やジュリエットのバルコニーの場面を生き生きと朗読したが、彼の豊かな演技やジェスチャーで少女たちは魅了され、不気味に思うことさえあったという。最終学年でパウルは英語を学び始める。

遅くともこの頃からパウルは自分の詩を朗読したり、それを女友達に贈ったりし始める。彼が詩を書いていることは誰一人知らない者はいなかった。級友のイマヌエル＝ヴァイスグラスはみずから詩を書き、ピアノも上手であったが、すでに一年前の第七学年の時からパウルの詩に注目していた（ヴァイスグラスは第二次大戦前にリルケを、戦後一〇年以上してゲーテの『ファウスト』の第一部と第二部をそれぞれルーマニア語訳で出版している）。

〝プルート川の岸辺で〟左から二人目エディット，右端がツェラーン。1938年４月

最上級生のときパウルはニーチェ（一八四四～一九〇〇）の『ツァラトゥストラ』と『善悪の彼岸』を読み、友達にこうした書物の印象を語っている。彼は「超人」という渾名をつけられたが、そんなことは意に介せず、常に超然としていた。

一九三八年二月、アビトゥアを受験する。当時、高等学校卒業資格試験はオーストリアの習慣からまだマトゥーラと呼ばれていたが、ルーマニア語では公式には以前からバカロレアといい、フランスの方式に従って行われていた。試験官はユダヤ人生徒には特に厳しく、偏見がないどころではなかった。その結果、ツェルノヴィッツではユダヤ人の卒業成績が平均点を上回ることは稀であった。ところがブカレストや昔からのルーマニアの地方ではユダヤ人受験生は少なかったので試験は楽であった。パウルも一〇点のうち六・六五以上には達しなかったが、必要な最低点の六点を少し上回った。しかし彼にはそんなことはどうでもよく、卒業できることが何よりであった。

アンチェル家ではパウルの大学進学は自明のことであったが、両親は息子が医者になることを望んでいた。それはルーマニアのユダヤ人にとってまだ最も有望な職種と考えられていたのである。パウルは植物学のような自然科学の専攻にも心動かされたが、結局、医学に決定した。

ドイツやオーストリアの大学はこの時期の政治状況からして問題にならなかった。ルーマニアのユダヤ人の大多数はフランスを遊学先に選んだ。そこでならルーマニアのバカロレアはフランスのそれと同等と見なされ、大学卒業証書を得てフランスで職に就くことも出来たからである。最初の学年は地方で終え、その後パリやストラスブールのような大きな大学に移るのが普通であった。パウルとその他何人かの卒業生はトゥールを選択した。そこには医学予備学校があり、本来の医学部ではないが、医学の初学者のための教育機関として、物理、化学、その他の自然科学を教えていた。またこの地方都市なら月々の仕送りが少なくてすむという理由もあった。

大学時代

フランス遊学

新学期は一一月末に始まるということであったが、ロンドン経由の旅を予定していたので出発は月初めに決められた。ロンドンには二、三か月前から、ウィーンにいたベルタ叔母が住んでいた。その年の一九三八年三月、ナチス＝ドイツがオーストリアに進駐し、併合したために、そこから逃れてきたのである。ところが最後になって旅行社の手違いからパウルは出発を遅らせる破目になった。

一九三八年一一月九日の朝、パウルはベルリン行きの急行列車に乗る。昼間はポーランドを通過し、夕方頃クラカウからドイツ国境に達する。しだいに暗さを増していく荒涼たる風景のなか、未来に対する漠とした不安を募らせての旅であったと思われる。パウルの暗い予感ははやくもベルリンで現実となった。奇しくも彼は一九三八年一一月九日から一〇日にかけてのあの「水晶の夜」に帝国内を車中の人として通過し、翌朝、ベルリンに到着したのである。この夜、ゲッベルスの指揮のもと、ナチスとその突撃隊はユダヤ人を襲撃した。九一名のユダヤ人が殺され、ドイツ国内のほとんどすべてのシナゴーグ（ユダヤ教会）とユダヤ人所有の七〇〇〇以上もの商店が破壊されるなど甚大な被害をうけた。きっかけはパリのドイツ大使館で外交官フォン＝ラートが一七歳のポーランド人グリンツパンによって殺害されたことによる。この犯行はナチスの指導部にとって、ユダヤ人市民を強制的に国外退去させる口実となった。こうしたテロ活動に続いてさらに一〇億マルクの特別税、約三万のユダヤ人逮捕、強制収容所送りが断行された。パウルは後に詩集『誰でもない者の薔薇』のなかの詩「傾斜外壁」でこの時のことをこう表現した。

〔前略〕クラカウ経由で／おまえは来た、アンハルターの／駅で／煙がおまえの目にはいった／すでに明日の煙が〔後略〕

彼はそのままドイツを通過し、ベルギー経由でパリに着いた。英国旅行は見合わせた。一一月の曇り空の下、パウルは一八歳の誕生日を間近に控えた頃、はじめてパリを見た。学期開始の下旬までここで自由な何日かを過ごした。

トゥールでの学生生活は実験に多くの時間を割いたが、すでにギムナジウム時代に教えられた自然科学的知識の繰り返しと要約であり、授業も新味がなかった。朝は定時の登校が義務づけられ、出席が厳しくチェックされた。

そんな時パウルはトロツキストのフランス人学生と知り合う。名は詳らかでないが、他の町の大学で文学を専攻し、週末は故郷のトゥールで過ごしていた。パウルはツェルノヴィッツにいた頃から、政治的に目立たないように気をつけていたが、フランスに来てからは国外追放の危険があるためになおさら政治活動をする気はなかった。しかし前々からトロツキズムには共感を抱いており、それをもっと知りたいと思っていた。それにはウクライナ生まれのユダヤ人というトロツキーの出自も絡んでいよう。またこの革命家とシュールレアリストたちとの結びつきにも注目したことであろう。一九三八年、メキシコでアンドレ＝ブルトンとトロツキーの出会いがあった。

パウルはその頃、ジュリアン＝グリーン、シャルル＝ペギー、アンドレ＝ジッドを読んでいた。また友人との間でフランスのエスプリが話題になると、モンテーニュ、パスカル、ラ＝ロシュフーコーを引用した。リルケ、ゲオルゲ、ハイネ、トーマス＝マンといったドイツ詩人や作家が分析と比較の対象ともなった。シェークスピアについての話の中ではグンドルフ、ゲオルゲ、クラウスによるソネットのドイツ語訳に不満の意を表した。

帰郷、医学から文学へ

一九三九年七月、パウルは第一学年の修了試験を受け、ただちにツェルノヴィッツに帰った。この夏、ツェルノヴィッツでは間近に迫っている第二次大戦の気配はまだほとんどない。パウルはたっぷり休暇をとり、昔の友人に再会したり、プルート川で泳いだり、周辺の森を歩いたりして美しい夏の日々を満喫していた。

八月にヒトラーはリッベントロップ外相をモスクワに派遣し、スターリンと独ソ不可侵条約を結ぶ。この時、付属秘密議定書なるもので独ソ両国は東欧における勢力範囲を画定し、九月にポーランド分割がなされた。ルーマニアは西側同盟国の援助を期待できず、スターリンとヒトラーの脅威に曝《さら》されていた。特にソ連は一九一八年に割譲したベッサラビアの返還をルーマニアに求めていたため、ルーマニア軍は東側国境に動員され、国の経済は逼迫《ひっぱく》の度を加え、国民は不安に陥った。パウルは徴兵年齢に達していなかったが、フランスに戻ることはもはや不可能になっていた。ツェルノヴィッツの大学に医学部はなく、またルーマニアのすべての大学でユダヤ人に対する入学者数制限《ヌメルス・クラウズス》が行われていたので、医学の勉強を続ける見込みはほとんどなくなった。医学専攻の友達の場合も事情は同じで、医学から遠ざからないため、地元の大学で自然科学を聴講した。

しかしパウルだけは違っていた。医学からロマンス語学・文学へ進路変更したのである。フランスでの学生生活がフランス語・フランス文学を深く究める決心を固めさせたことは疑いない。またフェルディナン＝ド＝ソシュールが『一般言語学講義』で提起したラング（社会制度としての言語）とパロール（現実に行われる発話行為）の違いをはじめとする言語の問題にも取り組んでいる。さらに彼はアラゴン、エリュアール、カミュ、ブルトンといった詩人や作家に心酔し、シュールレアリスムの弁護をした。

大学では文学専攻は女子学生が多数を占めていたが、パウルはその中心的存在であった。彼女たちは誰もが彼の友達になろうとするが、容姿や知的能力に対する彼の要求は高かった。内面の深みでの窺い知ることのできない魂の運動は表情に出ることはなかった。親友ですら彼の内面生活は神秘であり、詩だけがその表現を可能にするかもしれなかった。彼は若い芸術家によく見られるボヘミアン風のわざとらしい外観を嫌っていた。その優雅さは慎ましいさりげなさのなかにあって、非の打ちどころがなかった。また彼の人物評価は教師であれ、学友であれ、公正で厳しく、情容赦がなかった。いい加減なものはすべて彼には気に入らなかった。本当に良いものに対しては鋭敏な判断力をもっていた。静かで慎ましい、ポーズによって目立つことのない人を彼は好意的に正しく評価している。しかし彼は自分自身に最高の要求をすることを忘れなかった。

一九四〇年の春、学生が学年末の試験準備に勤《いそ》しんでいる頃、ソ連はルーマニアにツェルノヴィッツを含む北ブコヴィナとベッサラビアを即時無条件に譲渡するよう最後通牒を送ってきた。ドイツ軍はその間すでにフランスの広い地域を占領し、イギリスを脅かす勢いであったので、ルーマニアは西側列強国の援助を期待できないまま、一九一八年以来のこの二つの地域を放棄せざるをえなかった。六月二〇日、赤軍が戦車とともに侵入してきた。

大学は門を閉ざしてしまう。学生は暇となったが、何らかのかたちでソ連軍に協力するよう求められた。志願兵になる者もいたが、パウルはソ連将校に住宅を供給するための宿舎委員会で通訳として働いたこともあった。

九月になると大学は再開する。ツェルノヴィッツのこの大学は創立以来、オーストリア、ルーマニアと国籍を変え、今度はソ連に帰属することになった。講師陣はソ連から命令により連れてこられたロシア人がほとんどで、一部には大学教師の資格に欠ける者さえいた。ロシア語かウクライナ語の修得が義務となったが、パウルは夏休み中からロシア語を勉強し始め、他の学生がロシア語のテキストをたどたどしく読んでいる時、すでにトルストイの『戦争と平和』を原典で読んでいた。

しかし大学の水準は恐ろしく低下していた。マルクス＝レーニン主義はロシア共産党の歴史と同様、全学部の学生には必修科目であった。文学部の学生はロシア文学史の聴講の義務があった。

女優ルート＝ラックナー

一九四〇年の夏、パウルは女優ルート＝ラックナーを知る。ルートはブカレストの演劇学校を卒業し、当時ソ連が新設したツェルノヴィッツのイディッシュ劇場でデビューした。ルートの父は芸術的な人物で、ツェルノヴィッツ大学でドイツ語・ドイツ文学を学んでいた時も、その後、同地のギムナジウムで非常勤講師をしていた時も、熱心なイディッシュ語擁護論者であり、娘の女優志願にも一役買っていた。彼は親友のイディッシュ語詩人エリーザー＝スタインバーク（一八八〇〜一九三二）創立のイディッシュ子供劇場に娘を子供の頃から出演させていた。しかしソ連占領後は劇場の水準は低下し、彼女は幻滅を感じていた。

ルートはパウルより少し年上で、早婚であったが、不幸な結婚生活のあと、夫と別れ、いまでは両親のもとで暮らしていた。ルートの両親はパウルの来訪を歓迎した。特に母親とは親しくなり、空想的な話を物語っては喜ばれた。ルートの父親はほとんど毎晩のように自宅に友人たちを集めていたが、パウルも参加することを許された。メンバーの中にはギムナジウム教師で言語学者のシェーム＝ギニンガーがいた。パウルがフランスから帰国してから二人は知り合うが、ギニンガーはパウルの詩を読み、その言語表現の簡潔さ、厳密さに注目していた。そしてソシュールを学んだばかりのパウルと言語の問題を議論するために彼を訪ねることもしょっちゅうであった。この集まりでも言語論が再燃したことはいうまでもない。

その頃パウルはリルケに対する尊敬は変わらなかったが、そのほかにトラークル、クラブント、少し時代を遡って、メーリケ、ノヴァーリス、ヘルダーリーンといった詩人、そして散文家としてはフォンターネ、ジャン＝パウル、カフカ、トーマス＝マンに魅せられていた。フランス文学では遊学以来、ヴィヨン、ランボー、ヴェルレーヌに取り組んでいたし、プルースト、ロラン、セリーヌにも心動かされていた。イギリス文学ではジェームズ＝ジョイスをドイツ語訳で読んでいたほか、シェークスピアは原典で読む努力を重ねた。ロシア詩人ではエセーニンとマヤコフスキーが彼を虜にしはじめていたが、ドストエフスキー、ゴーゴリ、ゴーリキーはドイツ語訳で知っていた。また幼年時代からの童話好きは相変わらずで、グリム兄弟、ハウフ、アンデルセン、ワイルド、それに『千夜一夜物語』を読んでいる。

パウルとルートの親交が深くなるとともに、彼は彼女に捧げる恋愛詩を書くようになった。パウルはルートへの愛を友人には誰にも打ち明けず、彼女を独占しようとしたので、他の若者が何のこだわりもなく彼女と交際しているのを知ると、嫉妬に苦しんだ。詩に恋の悩みを吐露するものの、それで解消されるはずもなく、ますます悩みを深める結果となった。ある朝パウルは彼女の家に左手首を血に染めて現れる。「昨晩死のうと思った」と、力なく言った。

手首の傷は深くなく、間もなく治った。しかし心の傷はもっと大きかった。彼は愛を夢でなく、現実として理解することができなかったのである。愛する女性を姉妹としてしか見なすことができなかった。ここには母から未だに離脱できないパウルがいる。彼はいまや愛する女性との別れを現実的に考えはじめる。しかし実際は具体的にはっきりルートと別れたわけではなかった。

そうしているうちに一九四一年の初め頃から厳しい嵐のような冬になった。夜の散歩ができなくなると、若者達は読書をするか、友達の家に交代で集まるかした。イマヌエル＝ヴァイスグラスのピアノ演奏、マヌエル＝ジンガーのヴァイオリン演奏、エディット＝ホロヴィッツの家でのレコード鑑賞が行われた。ソ連の占領下では公共の演奏会は民族音楽しか扱わず、クラシック音楽への飢餓は大きかった。パウルはモーツァルト、シューベルト、ブラームス、メンデルスゾーンを好んだが、休憩時間にリルケ詩集などを朗読することもあった。

一九四一年の春は特別天候に恵まれなかったが、パウルは間近に迫るもうひとつの嵐についてまだ何の知る由もなかった。

迫害の嵐

嵐の始まり

一九四一年六月一三日、かつてのソヴィエト秘密警察GPUを前身とするソ連の内務人民委員部NKWDは一夜のうちに四〇〇〇人にのぼる家族をツェルノヴィッツおよびその周辺地域からシベリアに連行していった。彼らは資本主義、シオニズム、無政府主義などを信奉し、「信頼のおけない分子」として当局のブラックリストに載せられていた者とその家族であった。しかもその内の四分の三はユダヤ人であった。

六月二二日、ヨーロッパのほとんど全土を支配したドイツはソ連を攻撃し始める。いわゆるバルバロッサ作戦である。前年の一一月、ドイツに信任の篤いアントネスクの指導のもとで日独伊三国同盟に加盟したルーマニアは対ソ戦に参加した。この結果、ちょうど一年前、ソ連が領有した北ブコヴィナから赤軍は撤退することになる。

それに伴い、ソ連から移住して来た党幹部や公務員も本国に帰っていった。この時、学生にはソ連への逃亡の選択のチャンスが与えられた。ナチスは警戒すべきだという意見がある一方で、文化国家としてのドイツを信じ、ルーマニアに主権が回復され、ソ連占領以前のユダヤ人の権利と財産が再び返還されることを期待する意見があった。パウルの友人は何人かが故郷を去った。共産主義

焼け落ちたシナゴーグ内部　ツェルノヴィッツ。1941年

への忠誠というより、ナチスに対する不安と恐怖が原因であったと思われる。パウルはここ一年ほどのソ連占領の経験から、ソ連での生活は無理であり、またナチス支配も長くは続かないというルートの考えに与《くみ》していた。「詩人と思想家」の国を依然として信じていたのである。

しかし七月五日にルーマニア軍がツェルノヴィッツに入ると略奪が行われ、ユダヤ人やウクライナ人はソ連に協力したというので何人も殺害された。翌日にはドイツのD特務部隊が親衛隊旅団長オーレンドルフの指揮の下、町に入ってくる。ここでユダヤ人は徹底的に迫害される。シナゴーグは焼失し、ユダヤ人は三日間、法の保護を剥奪される。ラビをはじめとするユダヤ社会の指導者がまっ先に粛清の対象となった。犠牲になった者たちは予め自分達の墓をプルート川の岸辺に掘らされたのである。オーレンドルフのベルリンへの報告によれば、三日間で六八二名ものユダヤ人が殺され、八月末には三〇〇〇人以上の犠牲者を数えたという。

ルーマニア政府はすでに一九四〇年八月、反ユダヤ法を制定し、ユダヤ人はすべての政府関係の公職から追放されるだけでなく、商業法人や工業法人の役員就任、政府の同意のない不動産購入は禁じられた。続いて工業資産や農業資産などユダヤ資産のルーマニア化が図られ、ユダヤ人はすべての有利な勤め口から追放された。市民権を剝奪され、黄色いダビデの星を腕につけることを義務づけられた。軍務に就く代わりに無償の強制労働を強いられ、外出禁止令により、夕方六時以降は家に留め置かれた。一九四一年一〇月一一日にはゲットーがユダヤ人移送のための集結場所としてこの地方では初めて造られる。ユダヤ人住居は封印され、国家財産とされたが、ユダヤ人四万五〇〇〇人のうちの一〇分の一をゲットーに収容するのがやっとであった。このゲットーは古いユダヤ人地区にあり、大人の背丈ほどの板塀と有刺鉄線で囲まれ、門が二箇所、厳重な監視下にあった。収容されるユダヤ人に持ち込みを許されたものは、手に持てるだけの食糧と財産だけであったため、大部分の人はそこでの滞在は長くはなかろうと予想していた。

ユダヤ人の強制収容所への追放

ユダヤ人評議会のあるユダヤ病院の門にユダヤ人が転居させられる旨の張紙が出たとき、多くは素朴にも他のどこかで非ユダヤ人とは別に自律的な生活ができるようになると信じていた。しかし移住先がドニエストル川とブーク川に挟まれたトランスニストリアであることが判明する。ルーマニアはすでに八月以来、ベッサラビアのユダヤ人をこの地方へ追放し始めていた。そこはドイツ軍の占領地であったが、ヒトラーはウクライナのこの地域をルーマニア参戦の見返りとして約束し、ルーマニアのユダヤ人の保留地として使うことに同意していた。トランスニストリアはかつてはウクライナの穀倉地帯であったが、いまや戦争で荒廃し、町や村も破壊されていた。

一九四一年一一月半ばまでにルーマニアから一二万人余のユダヤ人がこの地に移送された。一九四二年後半には、控え目に見積もっても二〇万のルーマニアのユダヤ人が送り込まれていた。そしてそのうちの三分の二近くが強制労働や飢えや流行病によって死亡した。

ツェルノヴィッツはユダヤ人がいなくなることで町としての活力を急速に失っていった。ルーマニアは結局、ドイツとの交渉によって、戦時下での経済に重要な職業人を約一万五〇〇〇人、町に戻すことにした。労働に適した者はゲットーから出されたが、ユダヤ人の大多数のトランスニストリアへの追放は続けられた。

ゲットーに三〇〇〇人しかいなくなった頃、ツェルノヴィッツ市長はユダヤ人追放の中止を命令した（非追放者の証明書の署名をめぐって市当局と軍司令官との間で権限争いがあったが、結局市長に軍配があがった）。

パウルもルートもルーマニア軍とドイツ軍の進駐以後は、恐怖の日々のなかで、もはや以前のように会うこともなくなった。パウルは破壊されたプルート橋の後片付けに狩り出されたが、肉体的な過重労働に加え、心労のあまり、勇気と活気を失い、何事にも無感動になっていた。ゲットーにいた時期、例えば昔の住宅への帰還許可を求める努力も父親に任せたままであった。ルートの家族はまもなくゲットーから出られたが、パウルの家族は一番遅いグループのなかにいた。

パウルは毎日が強制労働であった。橋の再建が始まった頃で、瓦礫《がれき》の片付け、荷物運び、その他の下働きが仕事の内容であった。無給のため、なくても済ませられるものは何でも売って、消耗する体力を少しでも維持するしかなかった。しかも食糧品を扱う市場にユダヤ人が行けるのは正午以降と定められていたため、買えても残り物でしかなかった。パウルは空腹に苦しんだ。

一九四一年から四二年にかけての冬、かつてのユダヤ人の商店は移住してきたルーマニア人によって再開され、ユダヤ人は従業員として宛がわれた。それでも給与として食糧の購入券をわずかながら貰えた分だけ良かった。パウルは処分を決定されたロシア語書籍を収集する仕事を命じられたが、生き抜くためには召使いのような扱いも忍ぶしかなかった。

一九四二年六月、突然またしてもユダヤ人追放が開始される。今度は市長の署名入りの滞在許可証所持者のみが対象となった。追放と決まったユダヤ人は夜中に起こされ、数分の間に手荷物をまとめて準備しなければならなかった。危険の迫ったユダヤ人はこの狩り込みが土曜から日曜にかけての夜中だけに限られていることに気づくと、この時間帯はもっと有利な証明書をもっている親戚や知人のところに身を隠すようになった。週に一夜なら大抵は適当な隠れ場が見つかった。

アンチェル家の三人も週末のある日、知人の家に匿《かくま》ってもらおうとしたことがあった。しかしこうした一時的な潜伏はパウルの母親には自分の家で不安な思いで我慢する以上に耐えがたく、結局それ以降は取り止めになった。その頃レオは妹レギーナが夫と一人娘とともに移送されたと知ると、すっかり弱気になり、妻に対してなおさら抵抗する気をなくしていた。「ひとは運命から逃れられないものです。でもトランスニストリアには多くのユダヤ人が生きているじゃないの」とフリッツィは言ったという。彼女は他のユダヤ人と同様、強制収容所の実態をまだ何も知らされていなかったのである。

パウルは母親の宿命論を非難し、町に留まるためにはどんなチャンスをも利用しなければならないと主張した。この時、彼は母親と恐らく生涯で最初にして最後の激しい真剣ないさかいをしたと思われる。彼はルートの知人の工場の事務所を隠家《かくれが》として提供してもらうことができた。しかし母親はパウルの申し出に応じようとせず、かたくなに決心を変えないまま、リュックサックに荷をまとめ、追放の場合に備えていた。

外出禁止の時間が迫ってきたとき、パウルは両親の同意を得ずに行動しようと決心した。彼は一人で家を出たが、両親は自分の後について隠家に来るものと思っていた。月曜日の朝、パウルが自宅に戻ると、玄関のドアには封印がしてあった。両親は連れ去られていた。パウルは祖父シュラーガーの家に隠れ、ルートとも誰とも会おうとしなかった。追放が行われている間、危険を伴わずに外出することはできなかった。

勤労奉仕隊への志願

一九四二年七月になると追放は終わるが、新たに一八歳から五〇歳までのユダヤ人男子を対象に勤労奉仕隊が組織された。今度は軍事的に重要な道路を建設するため、ユダヤ人の労働大隊を作ろうというのである。パウルは最初は軍当局への届け出に気が進まなかったが、勤労奉仕をすればトランスニストリアへの移送を免れるというルートの忠告を聞き入れて、志願することにした。書類検査はそれほど厳密ではなかった。

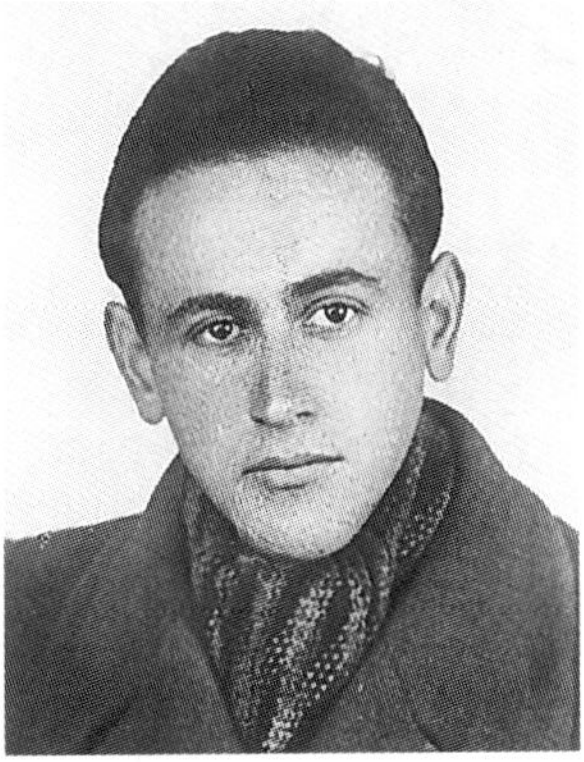

労働収容所時代のツェラーン　1942年

南モルダヴィアにあるブザウ近郊の村タバレスティの現場ではまず収容所の設営から始まったが、それも塹壕《ざんごう》を掘って、その上に雨よけの板を被《かぶ》せただけのものであった。寝るのも湿った地面のうえであり、毛布が使えたのはそれを家から持って来た者に限られていた。囚人たちは憲兵の監視下で村の住民から厳しく隔離されていた。仕事休みの日曜日には草地に座って、服の繕《つくろ》いができた。手紙も書けたが、検閲があった。

道路工事は鋤やシャベルを使って、夜明けから日没まで続いた。食糧といっても水っぽいとうもろこしスープ以外になく、二、三か月ごとの休暇に家へ帰ってわずかながら新たな栄養を補給するしかなかった。パウルは休暇中、ひとには収容所での出来事について何も語らなかった。背を曲げたままの立ち仕事を歎くことも、背中の硬直、手のかじかみ、指の痛みをこぼすこともなかった。彼にはツェルノヴィッツに帰っても家はなく、祖父の家で我慢しなければならなかった。祖父はトランスニストリアへの「移住」は奇跡的に免れ、ホロヴィッツ夫人の世話になっていた。収容所では新聞を読むこともラジオを聴くこともできなかったが、何人かが集まると低い声で会話が始まり、休暇帰りの者からの情報をもとに、戦局や平和への見通しについて語り合った。パウルはほとんど会話に参加せず、隅の方で黙って物思いに耽っていた。誰も彼に詩の才能があるとは思わなかったが、日曜日には小さな黒いノートや紙片に詩を書いていた。

彼はルートにだけは収容所から詩の書き付けを同封した手紙を出している。勤労奉仕が始まって二、三週間後の一九四二年八月二日、パウルは彼女宛の手紙の中で次のように書いている。「私は私の手の中で生が途轍《とてつ》もない厳しさに変わっていることを知りました。でも結局それが私がかつて歩もうとした道を指示してくれた人間性ということであり、これからも私は誠実に信念をもってその道を歩むつもりです。私の詩があなたのもとにあることを知り、嬉しく思いますが、時に悲哀を覚えることもあります。それは不眠か夢でしかありませんが、しかし生の開花といっていいほどであり、睫《まつげ》の微かな動き、暗闇から暗闇への道なのです。故郷をもたない世界、そして心臓の鼓動なのです。変転する生の顔なのです」。

ここには悲惨な状況のなかで厳しい人間の現実に直面させられた詩人が、他ならぬその悲惨のなかに人間であることの根源性を見出し、それを見失うことなく、それに導かれて詩の道を歩もうとする決意が読み取れる。破壊的な暗い暴力にもかかわらず咲き出ようとする生命力の輝きを無常のなかで歌い上げようとする姿勢がある。自分の詩についてのこれほど率直な告白は自己を主題的に語ることのない詩人には珍しいことだが、若いパウルの、しかも親しい女友達への私信であったからこそできたというべきであろう。

両親の死と絶望

ところでパウルの両親はあの夜の逮捕の後、汽車で数時間の距離にあるウクライナ南部の南ブーク川に向け、手荷物持参の大勢のユダヤ人と一緒に家畜運搬用車輌に詰め込まれ、移送されていった。一九四一年の追放ユダヤ人はトランスニストリアの広大な地域の、ドニエストル川に近いところに分散してゲットーに入れられていたが、一九四二年の場合はさらに東のブーク川に集められた。それまでそこで奴隷労働をしていたロシア系ユダヤ人の大多数が殺されたため、労働力が必要となったのである。一九四二年八月一八日、アンチェル夫妻はさらに別の村に運ばれていく。ここでも毎日、日の出前に男も女も道路工事に狩り出されていった。九月に入るとレオは妻を残し、他の職人たちとガイシンに連行され、その秋そこで死んだ。その時五二歳のレオは恐怖の体験により、すっかり老け、耳の遠い無気力な老人になっていた。チフスで死亡したとも銃殺されたともいわれている。パウルはその年の秋、母からの手紙で父の死を知る。手紙の引き渡しは牧師の力添えがあったと思われる。そして年明けての冬、パウルは今度は母親が首を撃ち抜かれて死んだことをトランスニストリアから逃れてきた親戚の人から聞く。彼は両親は酷い死を遂げたのに自分だけが生き残っていることに深い罪責感情を抱く。

一九四三年の春、パウルの慰めは詩と遠くのルートとの文通であった。三月一九日、彼は自分を三人称化して書いている。「彼は彼の詩のなかに不可思議なものがしばしば居座るようになったことを知って喜んでいる。それは心の周辺を徘徊しながら、心に切なるもの、言葉に尽くしがたいほどに偉大なるものを描く定めを負っているのです」。この箇所は後年のツェラーンの詩を考える場合、重要である。パウルはこの告白のなかで自分が通常の自我を完全に超脱した気圏に出てしまっていることを述べている。それゆえ、これまでの自我を「彼」と呼ぶことができるのである。そしていまや言わば非人称の次元に位置しながら、そこから自我に働きかけてくる精妙な「不可思議なもの」を「心の周辺」に受け止め、その言葉にならないメッセージを敢えて言葉にしようというのである。ほんの手紙の一部に過ぎないが、ここからパウルがすでに詩人への敷居を踏み越えたことが窺える。もちろんそうした断定は彼の詩の言葉の質感や発語の動機を具体的に検証した上でなければならないが。ともかく何かが彼および彼の詩に出来《しゅったい》したとはいえそうである。詩の場が心の中ではなく、その周辺、心がもうひとつ別のものと交信する接点にあるという考え方は、一七年後の講演『子午線』に見られる「詩は己自身の縁において自己を主張する」という思想へと繫がる。

また三月二八日付にはこうある。「これから春になるというわけですが。〔中略〕二年ほど前から季節や花、夜や変化にはおよそもはや何も感じなくなっています――私の大事な詩が沢山私によってあなたの所有に任せられていることは承知していますが、私のところで出来上がっても、あなたのいる前で咲くことができなければ消滅するしかありません」。そして四月六日付。「私の詩に関してお願い。翻訳はそうでない詩と一緒に綴じないように（絶対そうしないで下さい）。名前は本の扉に出さないこと、タイトルも要りません、せいぜい『詩集』とでもしておいて下さい」。明らかに遺書である。パウルは自分の実人生は終わったと考え、それよりも価値高いと信じるあの「言葉に尽くしがたいほどに偉大なるもの」の痕跡を言葉として遺し、それをルートに託そうとするのである。詩を前にして個人の名前など何ほどのこともない。彼はそう覚悟しているように思われる。

再出発

収容所からの帰還

一九四三年一二月、トランスニストリアの強制収容所からユダヤ人がルーマニアに帰り始める。そして翌年の初頭、ルーマニアとソ連との単独講和についての秘密交渉の噂が流れた頃、孤児約一五〇〇人を中心とするユダヤ人が帰国した。二月になると勤労奉仕隊のユダヤ人も解体真近の収容所に戻る日取りを告げられないまま休暇に出された。こうしてパウルも故郷の町に戻ってくる。ドイツ軍はルーマニアを通り抜けて退却するに際し、もはやユダヤ人の検束を続けられなくなったが、親衛隊による殺害は多くの場所で相変わらず行われていた。四月にはソ連はブコヴィナ、ベッサラビア、オデッサを奪回し、ついに八月、ルーマニア領土への反攻を開始すると、アントネスク政権のルーマニアは敢えなく降伏する。ユダヤ人はこの時まで極めて不安定な状況下にあったが、生き残りの希望の度合がしだいに大きくなっていった。

ルーマニア当局はユダヤ人に対し、緩やかな姿勢を示すようになる。これまで厳禁されていた自宅での集会も許され、青年たちは友人の家に集まっては情勢について語り、未来を計画した。ユダヤ人は戦前の世界観や社会的身分の違いを超えて結束したのである。パウルは再び祖父シュラーガーと住むことになったが、夜を除けば、大抵ルートとその両親と過ごした。また当時彼はローゼ＝アウスレンダー（一九〇七〜八八）と知り合う。一三歳年長の彼女はパウルと同郷のユダヤ人で、すでに処女詩集を出し、大戦中はツェルノヴィッツのゲットーや地下室での生活を体験していた。彼女はパウルの詩を認め、詩作を続けるよう励ました。パウルはエディットとも交際を再開している。彼女の父ホロヴィッツはゲルマニストであったが、『ニーベルンゲンの歌』が話題になった時、パウルがその方面での無知を告白すると、その叙事詩が書かれている中期高地ドイツ語の手ほどきを申し出てくれた。つい最近まで新しい知識の吸収どころではなかったが、パウルはいまや喜んで中世ドイツ語の習得に励んだ。

一九四四年四月、ツェルノヴィッツは赤軍の占領地となった。赤軍のこの地の占領はこれで二度目となるが、ユダヤ人は他の民族と同等に扱われるようになったとはいえ、爆撃で破壊された建物の後片付けなどの強制労働に狩り出された。パウルは処分する書籍を回収する仕事を命じられている。しかし戦争はまだ続いており、ソ連軍は増援部隊を必要としていたため、兵隊として最も信頼されていたユダヤ人は新兵として召集を受けた。

パウルも兵役義務があったが、友人のジルバーマンとゼーガルの助言を得、かつての医学生は後者の義兄弟の精神科医ピンカス＝マイヤー博士が院長をしている精神病院の診療助手として採用されたのである。彼は精神病者のなかに溶け込んで自分の精神分析の知識を応用しようと試みた。フロイトの学説の概要程度の知識しか持ち合わせていなかったが、以前自分の日常生活の言い違い、やりそこないといった失錯《しっさく》行為をフロイトに倣って分析しようとしたことがあった。

その頃、トランスニストリアからの生き残りのユダヤ人帰郷者のなかにパウルの父方の叔母レギーナが夫と娘と一緒にいた。彼は両親の運命を尋ねても、彼の知っている以上の情報は得られなかった。親類の帰郷でパウルは両親の家の所有を回復し、彼らと同居することになった。またパウルは追放先から帰還した二人の詩人アルフレート＝キットナーとイマヌエル＝ヴァイスグラスにローゼ＝アウスレンダー宅で会っている。この二人から収容所の恐怖と非人間的な体験を聞き、さらにヴァイスグラスが老いた母を助けるのに成功したことを知ると、パウルの罪意識は一層深まった。この昔の同級生は悲惨と苦難の時代のなかからその克服の試みである詩を携えて来ていた。パウルも当然それを知りえたが、しかしそれは彼の感性や言語表現力に見合うものではなかった。パウルは少年時代のライヴァルの挑戦に応じるかのように、それを遙かに凌駕《りょうが》する「死のフーガ」を書くことになる。

我が道再び

一九四四年の秋、ツェルノウヴィッツの大学は新たにロシア－ウクライナ大学として発足し、パウルは学業を継続することができた。今度は英語・英文学を専攻する。シェークスピアへの関心は相変わらずで、労働収容所時代にはソネットのドイツ語訳の試みがある。この分野での並々ならぬ努力に対し大学の授業は必ずしも応えてくれなかったが、幸い大学図書館の蔵書は略奪を免れていたため、それを利用することができた。

この頃パウルは以前とはまるで別人のように変わってしまった。両親の非業の死や自身の苦難の体験が消しがたい痕跡を残したのである。かつて見られた快活さや芝居がかった茶目っけは過去のものとなった。身嗜《みだしな》みの良さは影を潜め、外観にも全く無頓着となり、大学では暖房のない講堂で身心ともに凍えていた。こうした時期、彼の心は微妙に変化を見せる。以前あれほど忌避していたユダヤ的なものに心が向かうのである。昔の友人と一緒の時など、思わずスタインバークのイディッシュ語の寓話を朗読したり、シナゴーグで唱える新年の祈りのメロディーが口を衝《つ》いて出たりするのである。またヘブライ語の美しさ、それを学ぶのに費した年月のことにも話は及んだ。そしてマルティン＝ブーバー（一八七八～一九六五）の著作を集中的に読み始めるのもこの頃である。

東ヨーロッパはドイツ軍から解放されたとはいえ、まだ戦争は続いていた。ツェルノヴィッツはロシア語式にチェルノフツィと呼ばれるようになった。終戦への願いが募るなか、信じられないほどに多数の同胞を失ったユダヤ人は、故郷と思いなしていた土地も、ソヴィエト国民でありたいと思う極めて少数のユダヤ人を除けば、いまや安住の地となりえないと感じ始めていた。しかし西方への道は閉ざされていた（ちなみにトランスニストリアに送られたブコヴィナとベッサラビアのユダヤ人三〇万のうち、生き残ったのはわずか五万人前後であった。またソ連軍占領の際、約五万人のユダヤ人はシベリアに送られたが、その後の消息は不明という。さらに各地での数々のポグロムの犠牲者を含めれば、ルーマニアでは六〇万のユダヤ人のうち半数の三〇万人以上が「最終的解決」の過程で殺されている。しかも生き残ったユダヤ人のほとんどはモルダヴィア、ワラキア、トランシルヴァニアといった旧来からのルーマニア領内の人々であった）。

パウルは状況が悪くなればなるほど、逆に自分の歩むべき唯一の道を自覚する。それは言葉を残された唯一の可能性として意識するということである。彼は労働収容所から生還してわずかな期間に、友人ゼーガルとジルバーマンの援助を得て、詩を集成し、タイプライターで「詩集」を作った。ここにはナチスの迫害の時代以前に書かれた詩九三篇が収められていたが、それらの詩はその後、日の目を見ることはなかった。この仮綴の処女作品集は三人に一部ずつ配られた。

一九四四年の秋、今度は手書きによる詩集を作り始め、翌年の初めに完成している。良質のタイプライター用紙が不足していたため、戦前の未使用の日記帳を利用したが、黒い革の装幀で見栄えがした。飾り文字《カリグラフィー》で書かれた九七篇の詩は多くは前年からこの年にかけて成立したもので、先の詩集より厳選の度を深めている。これはルートへの贈物となるはずであったが、他方ではブコヴィナ出身の有名な詩人で、当時すでにブカレストにいたアルフレート＝マルグル＝シュペルバー（一八九八〜一九六七）の批評に供したいとの願いも込められていた。シュペルバーは人間関係が豊かで面倒見もよく、若い詩人たちの詩の出版に手を貸すこともあった。パウルはこの先輩詩人に会ったことはなかったが、その存在は勿論知っており、作品も少しは読んでいたと思われる。しかしこの詩人の詩は主題の形式、選択、扱い方において旧弊であり、自分の詩を是非読んでもらわねばという気はなかったようである。また有名になることに焦りはなかったが、ブカレストへ逃れることを考えていたルートを通して、出版への道が開けるかもしれなかった。パウルもブカレスト行きを目論んでいたが、同居中の叔母とその家族との関係で当局の移住許可を待たねばならなかった。

ブカレストで翻訳家に

一九四五年の春、パウルと彼の親戚はルーマニアへの移住の準備に取り掛かった。そして四月下旬、故郷の町を永遠に後にする。ブカレストに到着すると、ルートから吉報が届いた。シュペルバーはパウルの詩に感動を示し、出版社を見つけるために出来るだけ尽力したい、というのである。パウルは彼に親しく迎えられた。その後、しばしば訪問があったが、パウルの詩が話題になることは稀であった。同郷の先達が自分の詩を是認してくれたこと、そのことで自信がついたこと、これだけで十分であった。

貧しいパウルはともかく仕事と住居を探さなければならなかった。当時ここでは新しい出版事業が次々と興っていた。ルーマニアの文化改革に関心をもつ人達が各地から集まってきた。市民的、民主的な雑誌以外に社会主義的な傾向の雑誌も創刊され、フランス-レジスタンスの考えに共鳴していた彼は最初、ルーマニアの共産党の機関誌の編集にかかわっていた。就職で役立ったのは結局ロシア語の知識であった。ロシア書籍という新しい出版社がロシア語からルーマニア語への有能な翻訳家を求めていた。ルーマニアは第一次大戦以降、ロシア語からの翻訳を認めていなかったため、ソヴィエト文学ならびにソ連邦の承認を受けた限りでのロシア文学を広く紹介する必要があったのである。

正式採用となったパウルはまもなく能力を認められ、アントン＝チェーホフ（一八六〇～一九〇四）の小品『農民』とコンスタンチン＝シーモノフ（一九一五～七九）の戯曲『ロシアの問題』の翻訳を託された。後者はルーマニア国立劇場で上演されることになり、翻訳は成功であった。しかしルーマニアには反ユダヤ主義が依然としてあり、翻訳者名には変名を使った。アンチェルではユダヤ的に響くからである。こうしてチェーホフの時はパウル＝アウレル、シーモノフの時はA・パヴェルとした。パウルはルーマニアでの文学活動は一時的で、近い将来ウィーン、さらにもっと西のヨーロッパへの移住を考えていたので、変名に特にこだわらなかった。

出版社はパウルに一層困難な仕事を課する。こうして彼はツルゲーネフ（一八一八〜八三）の二、三の短編小説、そして最後にレールモントフ（一八一四〜四一）の創作の集大成である長編小説『現代の英雄』を翻訳した。後者はブカレストにおける彼の翻訳活動のクライマックスであり、この時の訳者名は Antschel（アンチェル）をルーマニア語式に Ancel（アンチェル）と改めている。編者は序言で惜しみない賞讃を贈った。

アンチェルからツェラーンへの改名　一九四七年の初め、ルーマニアの詩人で批評家のイオン＝カライオンはフランス語、英語、ドイツ語の原典テキストの入った現代詩のアンソロジーの刊行を計画した。出版社でパウルの同僚のペトレ＝ソロモンはユダヤ系のルーマニア語詩人であったが、カライオンにパウルの詩を推薦すると、三篇が採用されることになった。そしてその年の五月、「アゴラー」と題するアンソロジーが出る。これは王室ルーマニア文化財団により定期刊行物として計画されていたが、年末に国王ミハイがイギリス王女エリザベスの結婚式に参列し、帰国した直後に退位し、祖国を出たので第一号で終わってしまった。パウル＝ツェラーンの名はこのなかで初めて登場する。ツェラーン（Celan）はアンチェル（Ancel）のアナグラム（語句転綴）である。この改名にはユダヤ名ではなく、将来の名望を約束してくれるような月並でない名前への願望と象徴主義的な言語意識が反映していよう。またロマンス語学・文学との関連で、一三世紀のイタリアの哲学者、詩人であり、アッシジのフランシスの伝記作者トーマス＝デ＝セラーノ（Thomas de Celano）の名も響いているかもしれない。すでに二、三年前、ジルバーマンは文学史家のグンドルフ（一八八〇〜一九三一）がグンデルフィンガーからの改名で有名になった例を引いてパウルに改名を持ち掛けていたが、最近ではマルグル＝シュペルバー夫人イエシカ＝シュペルバーもツェラーンという名を勧めていた。さらにまた、ツェラーンという語はブコヴィナの少数民族ルテニア人の用語法では税関役人（Zöllner）を意味しているという。彼が国家、民族、文化、言語の多様性のなかで常にそれらの境界に身を置いていたこと、彼の詩や存在そのものが自らの縁辺においてこそ意味をもちえたことを考え合わせると、この名をめぐって連想は限りなく広がる。そしていずれにせよ結局、このアナグラムの中に詩人としての存在の再帰反転あるいは逆立ちをこそ読むべきであろう。

ブカレストに来て翻訳や自作詩の発表を重ねていくうちに、ツェラーンは徐々に才能と個性を顕し始めた。出版社の仕事を通じ、ユダヤ系の詩人、作家、批評家のみならず、ブカレストの文学者とも友情を深めていく。そうした社交のクライマックスはブカレストのシュールレアリストたちのサークルである。ゲラシム＝ルカ、トロスト、パウル＝パオンらを中心とするメンバーの大部分はフランス-シュールレアリスムのスタイルを受け入れた画家や彫刻家で、芸術愛好家もいた。ツェラーンはそのなかで唯一のドイツ語詩人であったが、彼の詩が話題になることも、他から深い影響を受けることもなかった。

ところでルートとの間にはその後、重大な葛藤が生じ、結局同居は断念することで結着した。恐らく母と息子の余りに深い絆が彼女の死後も影を投げかけていたためと思われる。しかし友情の絆は堅く、ルートはいまもツェラーンの新しい詩を最初に読むことができた。

ウィーンそしてパリへ

ブカレスト在住二年半。ツェラーンはしだいにウィーンへの移住の思いを募らせていく。合法的な亡命の見通しが立たなかったので非合法的な国境通過を考え始めていた。一九四七年一二月。ツェラーンは自力で敢行しようと決心する。時は正に国王ミハイがグローザ内閣に退位を要求されて署名し、ルーマニア人民共和国が誕生した頃に当たっていた。ルーマニアの政治は共産主義者独裁への流れを決定的に示しており、ツェラーンには国外脱出の千載一遇の好機と思えたのである。

ツェラーンはハンガリー農民の助けにより国境を越える。脱出は組織的に行われた。ハンガリーに入ると彼はユダヤ人の移民グループに潜り込み、ウィーンへの到達を試みた。鉄道の運行はまだ極めて不規則であった。同行のユダヤ人たちはツェラーンと似た運命にありながら、相互に疎ましいものを感じていた。ブダペスト経由で憧れのウィーンに着く。これによって彼はトラークル、リルケ、カフカ、シュニッツラー、ホーフマンスタール、カール＝クラウス、ムージル、ヘルマン＝ブロッホらの属する文化圏にやっと足を踏み入れた。マルグル＝シュペルバーの推薦状をもってオットー＝バージル（一九〇一～八三）を訪問した後、エドガー＝ジュネ、インゲボルク＝バッハマン、ミロ＝ドール、ラインハルト＝フェーダーマン、クラウス＝デームスなどの友人を見出した。しかしトラークルの後援者でツェラーンの詩の理解者であったルートヴィヒ＝フォン＝フィッカー（一八八〇～一九六七）といえども、朗読のため彼をインスブルックに招待してくれることはあっても、オーストリアに留まることを叶えてはくれなかった。彼がそこで出会ったのは期待していた文化的雰囲気ではなく、地方性とファシズムと反ユダヤ主義の生き残りであった。ウィーンでの生活は厳しく、彼は幻滅を感じていた。一九四八年春、最初の詩集『骨壺からの砂』がウィーンのA・ゼクスル書店から刊行され、また一七篇の詩がバージル編集の戦後最初のオーストリアの前衛的文芸誌「プラーン」最終号に紹介された。一九四八年七月、ツェラーンはパリに向かう。ドイツは意識的に避けられた。ドイツに住むことは全く考えられなかった。

II

詩人として――パウル゠ツェラーン

死をめぐって

1　「死のフーガ」

収容所はどのように映ったか　ツェラーンの生涯五〇年の前半生を伝記的に辿ってきて、いま改めて思いを新たにすることは、ユダヤ人という出自をもつ詩人が第二次大戦中に被《こうむ》った犠牲の大きさ、受苦の途方もない深さである。外部的現実が破壊的に彼を襲い、その壊滅的な体験を詩人として作品に定着させたというだけなら、それはエピソードでしかないだろう。運命の悲惨が原因というより契機となることによって詩人の知覚の枠組のありようそのものが決定的に取り壊され、世界の見取図が浮游《ふゆう》状態のなかに描かれる。アウシュヴィッツという現象は彼の場合、世界観の根底において生起し、言葉それ自体までもが受難を生きている。

ところでツェラーンの眼に収容所はどう映ったか、あるいは詩人はそれをどのように言語的にあらしめているのか。「死のフーガ」を読んでみよう。

SCHWARZE Milch der Frühe wir trinken sie abends
wir trinken sie mittags und morgens wir trinken sie nachts

wir trinken und trinken
wir schaufeln ein Grab in den Lüften da liegt man nicht eng
Ein Mann wohnt im Haus der spielt mit den Schlangen der schreibt
der schreibt wenn es dunkelt nach Deutschland dein goldenes Haar Margarete
er schreibt es und tritt vor das Haus und es blitzen die Sterne er pfeift seine Rüden
herbei
er pfeift seine Juden hervor läßt schaufeln ein Grab in der Erde
er befiehlt uns spielt auf nun zum Tanz

Schwarze Milch der Frühe wir trinken dich nachts
wir trinken dich morgens und mittags wir trinken dich abends
wir trinken und trinken
Ein Mann wohnt im Haus der spielt mit den Schlangen der schreibt
der schreibt wenn es dunkelt nach Deutschland dein goldenes Haar Margarete
Dein aschenes Haar Sulamith wir schaufeln ein Grab in den Lüften da liegt man nicht
eng

Er ruft stecht tiefer ins Erdreich ihr einen ihr andern singet und spielt
er greift nach dem Eisen im Gurt er schwingts seine Augen sind blau
stecht tiefer die Spaten ihr einen ihr andern spielt weiter zum Tanz auf

Schwarze Milch der Frühe wir trinken dich nachts
wir trinken dich mittags und morgens wir trinken dich abends
wir trinken und trinken
ein Mann wohnt im Haus dein goldenes Haar Margarete
dein aschenes Haar Sulamith er spielt mit den Schlangen

Er ruft spielt süßer den Tod der Tod ist ein Meister aus Deutschland
er ruft streicht dunkler die Geigen dann steigt ihr als Rauch in die Luft
dann habt ihr ein Grab in den Wolken da liegt man nicht eng

Schwarze Milch der Frühe wir trinken dich nachts
wir trinken dich mittags der Tod ist ein Meister aus Deutschland
wir trinken dich abends und morgens wir trinken und trinken

der Tod ist ein Meister aus Deutschland sein Auge ist blau
er trifft dich mit bleierner Kugel er trifft dich genau
ein Mann wohnt im Haus dein goldenes Haar Margarete
er hetzt seine Rüden auf uns er schenkt uns ein Grab in der Luft
er spielt mit den Schlangen und träumet der Tod ist ein Meister aus Deutschland

dein goldenes Haar Margarete
dein aschenes Haar Sulamith

明け方の黒いミルク私たちはそれを夕方にのむ／私たちはそれを昼にのむ朝にのむ私たちはそれを夜にのむ／私たちはのむそしてのむ／私たちは墓を中空にほるそこなら横になっても狭くはない／ひとりの男が家にすむその男は蛇とともにたわむれるその男は書く／その男は書く暗くなるとドイツにあてておまえの金色の髪マルガレーテ／かれはそれを書くそして家のまえに出るすると星がきらめきかれは猟犬を口笛ふいてよびよせる／かれは口笛ふいてユダヤ人たちをよび出し地面に墓をほらせる／かれは私たちに命令するさあ演奏しろダンスの曲だ／／明け方の黒いミルク私たちはおまえを夜にのむ／私たちはおまえを朝にのむ昼にのむ私たちはおまえを夕方にのむ／私たちはのむそしてのむ／ひとりの男がすむそして蛇とたわむれるその男は書

く／その男は書く暗くなるとドイツにあてておまえの金色の髪マルガレーテ／おまえの灰色の髪ズラミート私たちは墓を中空にほるそこなら横になっても狭くはない〃かれは叫ぶもっと深く地面をほれそっちのやつもこっちのやつも歌えそして演奏しろ／かれは腰のピストルに手をやるかれはそれをふりまわすかれの目は青い／もっと深くシャベルをいれろそっちのやつもこっちのやつももっと演奏しろダンスの曲だ〃明け方の黒いミルク私たちはおまえを夜にのむ／私たちはおまえを昼にのむ朝にのむ私たちはおまえを夕方にのむ／私たちはのむそしてのむ／ひとりの男が家にすむおまえの金色の髪マルガレーテ／おまえの灰色の髪ズラミートかれは蛇とたわむれる〃かれは叫ぶもっと甘美に死を演奏しろ死はドイツからきた名人だ／かれは叫ぶもっと暗くヴァイオリンをかきならせそうすればおまえたちはけむりとなって中空へたちのぼる／そうすればおまえたちは雲のなかに墓がもてるそこなら横になっても狭くはない〃明け方の黒いミルク私たちはおまえを夜にのむ／私たちはおまえを昼にのむ死はドイツからきた名人だ／私たちはおまえを夕方にのむ朝にのむそしてのむ／死はドイツからきた名人だかれの目は青い／かれは鉛の弾でおまえを撃つかれはおまえをねらいどおりに撃つ／ひとりの男が家にすむおまえの金色の髪マルガレーテ／かれは猟犬を私たちにけしかけるそしてかれは私たちに中空の墓を贈る／かれは蛇とたわむれるそして夢みる死はドイツからきた名人だ〃おまえの金色の髪マルガレーテ／おまえの灰色の髪ズラミート

撞着語法的な現実

「明け方の黒いミルク」という印象鮮烈なイメージで始まるこの詩はツェラーンにしては比較的長い詩に属するが、内容のあまりの酷《むご》さと恐怖にもかかわらず、坦々と流れるように進んでいく。句読法は無視され、死のテーマを中心として殺す側のドイツ人の世界と殺される側のユダヤ人の世界とがフーガ的に交互に入れ替り立ち替りしながら反復変奏される。日常的なものと非日常的なもの、素朴なロマンティシズムと邪悪さ、明るさと暗さ、希望と絶望といった相反するものどうしが何ごともないかのように結びつき、錯乱した夢のような調子の音楽のなかに融けこんでいる。

「明け方の黒いミルク」。ここには白、純粋、生命、健康、希望を示す「明け方のミルク」と死、不純、絶望を意味する「黒」の複合があるが、このことによってポジティヴな生の現実はネガティヴな死の逆光に刺し貫かれ、非現実と現実とが綯《な》い交ぜになった一種異様なリアリティが現出する。修辞学でいう撞着語法《オクシモロン》であるが、これの繰り返しで親密なものは疎ましいものに、ノーマルなものはアブノーマルに、自然なものは不自然となる。言わば死が生を養うという倒錯した関係がここにあり、それはこの詩人の言葉と世界を根底から規定している。

収容所のユダヤ人たちは日夜、この「黒いミルク」を飲み続けるが、その単調な繰り返しによってしだいに死という時間のなかに飲み込まれていく。飲みかつ飲まれるという能動と受動の同時性はユダヤ人のみならず、この収容所の世界そのものを既成の現実秩序＝言語秩序から解き放ち、解体させ、流動化させ、浮游させる。このどっちつかずの曖昧な存在の仕方はそのまま言葉の一見非合理的な矛盾した結合の仕方に対応する。これまで現実の事物世界を掌握していた言語の網の目が断ち切られ、辛うじて繕《つくろ》った格子状の網目によって引き揚げた世界がわれわれの前の収容所風景だといえるだろう。したがってところどころに、合理性の観点からすれば不透明な、しかしもう一つ別の観点からは明瞭な言語像＝世界像が境界消滅後の新たな分節の仕直しとして立ち顕れるのも故なしとしないのである。

「墓を中空にほる」

日常性から死の時間への転落は例えば一日の時間が朝、昼、夕方、夜といったふうに自然の順序で刻まれないで、逆倒した非自然の流れに従っていることにも見ることができる。しかしこれを直ちに非日常や超越への一方向的な脱却と見なすべきではないだろう。詩人はあくまで大地を離れない、たとえ永遠性を言う場合でも大地を深く掘り下げることが条件で、それを一挙に飛び超えることはない。

「墓を中空にほる」という表現がある。ここでも自分が入る狭くて暗い地下の墓穴を掘るという現実が、明るく広々とした空へと解放されることにより、墓掘りそのものが一つの陰惨な固定した意味づけから脱して、未決定性の宙吊り状態のなかに浮かぶ効果が生じる。大地と空という両極の中間に、観念論でも実在論でもない、またそうした対立する二項の一つである科学的合理主義によっても如何ともしがたい存在の把握のしかたがあり、日常の表層意識によるのとは別の、いわば浮層の意識によるリアリティ体験がある。

逆説とアムビヴァレンツ　次にナチス将校とおぼしい「ひとりの男」に焦点をあててみよう。彼は庇護と安らぎの場である「家」に住み、邪知、邪悪を意味する不気味な「蛇」と戯れ、暗くなると金髪の恋人マルガレーテに愛の手紙を書く。そうかと思うと、星のきらめく夜に外に出て、猟犬を口笛で呼び出し、ユダヤ人を集め、墓穴を掘らせ、そしてダンス曲を演奏させる。また理想を憧憬する青い目のこの男は同時に腰のピストルを戯れに振りまわすが、一旦ねらった敵は正確に射殺することができる。このように男の中にはロマンティシズム、聖性、理想の要素と陰険、邪悪、殺意の要素とが矛盾し合いながら同居している。どちらも現実であり、両者は止揚されることなく、並立したまま男の存在の磁場を形成している。素朴と悪魔の混交。いまや牧歌は不可能となった。青い目も恋人の金髪も音楽的教養も相対化され、ある種のいかがわしい虚偽性をともなう。

この詩全体を終始貫く逆説とアムビヴァレンツはマルガレーテとズラミートのコントラストにも表れている。一方はゲーテの『ファウスト』第一部のグレートヒェンに由来し、他方は旧約聖書の雅歌のなかでソロモンによって美しい女たちのなかでも最も美しいと称えられた、ユダヤ女性の鑑《かがみ》である。加害者側と焼尽され灰になった被害者側とが一緒に死の輪舞を踊ることのなかには、ドイツとエルサレムの対立を超えて、人間同士が殺し殺されなければならない運命の悲哀が鳴っている。

アドルノ

アウシュヴィッツ後に詩は可能か

ツェラーンはこの詩で二つの民族の間の殺し殺されの関係を形象化することによって、二〇世紀にみられた人間運命の悲劇の典型を提示した。それは人間の人間に対する裏切りがどこまで及ぶものかの記録であるが、ドキュメントによる直接的な再現にもまして、彼は情緒を交えることなく、集中的、徹底的、本質的にユダヤ人迫害を描いた。

収容所のナチス将校とユダヤ人に象徴されるような人間の全体性の分裂解体をツェラーンは恐怖までも含めて美的に、しかも何の価値判断もなしに形象化した。それは一歩誤れば犠牲者の悲運に対して無反省な冒瀆《ぼうとく》と不正をはたらくことになりかねない。テオドール＝アドルノ（一九〇三〜六九）は五〇年代の仮借ない芸術批判のなかで、「アウシュヴィッツ後に詩を書くことはもはや野蛮だ。そして今日詩を書くことが何故不可能になったかを語る認識を詩は蝕むのだ」（「文化批判と社会」一九五一）と述べている。たしかにアウシュヴィッツのような極限状況を前にすれば詩は無力で沈黙せざるをえない。しかしツェラーンの詩は沈黙するだけでなく、さらに進んで自らアウシュヴィッツとなり、受難を生きることで辛うじて片々たる、しかし輝くクリスタルのような言葉をもらす。沈黙のなかから全く別物となって復活する可能性は皆無ではない。生の希望が途絶したとき、我知らず発せられる絶望の呻《うめ》き。それがかえって表現そのものであったという認識。あるいはそこに詩的表現の可能性を見出していこうという生きのびの思想。

ツェラーンより九歳若いドイツの詩人ハンス＝マグヌス＝エンツェンスベルガー（一九二九〜　）も戦後の現代詩の可能性を模索したひとりであるが、戦後詩人に対するアドルノの否定的な見解に反論を加えている。「哲学者テオドール＝アドルノは現代に下される最も厳しい判定の一つである命題を述べた。アウシュヴィッツ後に詩を書くことはもはや不可能だというのである。われわれはさらに生きようとするなら、この命題は否定されなければならない。」（『細目』一九六二）

　そしてアドルノ自身やがて『否定的弁証法』（一九六七）のなかでかつての自分の発言に修正を加える。「ねばり強い苦悩は拷問を受けた者がわめくのと同じ表現の権利をもつ。それ故アウシュヴィッツ後に詩がもはや書けないというのは間違いであったかもしれない。」アウシュヴィッツに対峙する詩は己自身が逆説となり矛盾となることによって、従来の美ではなく、真実の表現になろうとする。こうして詩は自力で屹立《きつりつ》し、真に未来に語りかけうるものとなる。しかしアドルノの命題に身をもって対決しうる詩人はツェラーンとその他わずかな例外を除いて果たして何人いるであろうか。そうした詩人に共通するのは現代にあっては奇蹟的といえる不思議な謎を秘めた純粋性であり、それが結局は難局を打開する真の力になるのである。

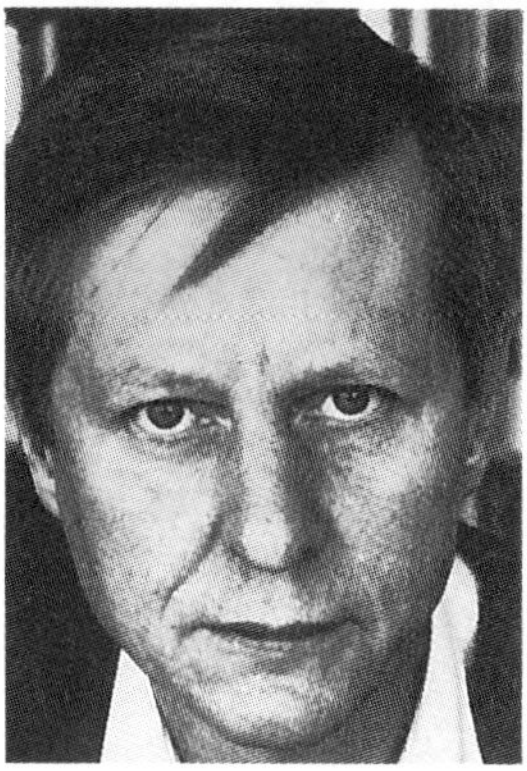

エンツェンスベルガー

2　死の変容

母の死を悼む

ツェラーンは「死のフーガ」でユダヤ人の受難を歌ったが、そこには加害者のドイツ人をも含めて、二〇世紀の人間存在のありようの一つの典型が示されている。ところでこのように現代の人間悲劇を一般的に扱う一方、両親を強制収容所で失い、みずからも強制労働を体験した詩人は我身を切りさいなむように、とりわけ母の死を悼む。母との絆が深かっただけに、その喪失は詩人の存立の基盤を掘りくずし、世界の相貌を一変させるほどの衝撃であった。ここで死んだ母を歌った詩の一つを読んでみる。

Espenbaum, dein Laub blickt weiß ins Dunkel.
Meiner Mutter Haar ward nimmer weiß.

Löwenzahn, so grün ist die Ukraine.
Meine blonde Mutter kam nicht heim.

Regenwolke, säumst du an den Brunnen?
Meine leise Mutter weint für alle.

Runder Stern, du schlingst die goldne Schleife.
Meiner Mutter Herz ward wund von Blei.
Eichne Tür, wer hob dich aus den Angeln?
Meine sanfte Mutter kann nicht kommen.

ハコヤナギよ、おまえの葉は闇のなかを白く見つめている。／わたしの母の髪は白くなることがなかった。⫽タンポポよ、ウクライナは緑でいっぱいだ。／わたしのブロンドの髪の母は帰ってこなかった。⫽雨雲よ、おまえは泉のほとりでためらっているのか。／わたしの静かな母はすべての人のために泣いている。⫽まるい星よ、おまえは金色のリボンをむすぶ。／わたしの母の心臓は鉛で傷ついた。⫽樫の扉よ、おまえを蝶番《ちょうつがい》から外したのは誰。／わたしのやさしい母は帰ってこられない。（『罌粟《けし》と記憶』）

詩人にとってハコヤナギ、タンポポ、雨雲、星、扉といった属目のすべてが亡き母を偲ぶ縁《よすが》となる。ハコヤナギは光を細かく反射させ、葉裏を見せながら風にゆれている。この一見して明るい風景の先には死という暗黒の空間が口を大きく開けている。母の死は彼を現実空間の裏側の闇の領域に誘ってやまない。ウクライナの緑あざやかな平原に咲き誇るタンポポもその背後に死の闇を深く蔵している。低く垂れこめた雨雲はこの世に思いの多くを残して亡くなった母の涙を降らせようとしている。星は母を死なせた弾丸を思わせ、悲傷は永遠に消えることがない。そして重い樫材の扉は生と死の両界を隔て、また同時に結ぶが、蝶番が機能しないため、母は息子のもとに帰れないのである。

詩人は身辺の物象から母の死を読み取る。それはまぎれもなく母の不在の証であるが、それがかえって不在の母を物語る。詩人はこの世で最もかけがえのない人の死を契機にしだいに喪失、死といった影の世界に親しんでいく。しかし母と息子との関係は彼女の生前時のそれをまだ濃厚に宿しており、個人体験的である。母はこの世に未練を残し去りがたい風情であり、息子も主観的な思い入れの強さによって彼女を慕い求める。

母の変容と水のイメージ

ところが母の死はやがて個人の現実体験的レベルを脱し、死を一層深めるなかで、体験性と個人性を超えて非人称性の領域に入っていく。

So bist du denn geworden
wie ich dich nie gekannt:
dein Herz schlägt allerorten
in einem Brunnenland,

wo kein Mund trinkt und keine
Gestalt die Schatten säumt,
wo Wasser quillt zum Scheine
und Schein wie Wasser schäumt.

Du steigst in alle Brunnen,
du schwebst durch jeden Schein.
Du hast ein Spiel ersonnen,
das will vergessen sein.

こうしてあなたはわたしの知らない／ひととなったのでした。／あなたの心臓は泉の国の／いたるところで高鳴っています。〃どんな口も飲むことができず、どんな／かたちも影を縁どることのないところで、／水が湧き出て輝く仮象となり／仮象が水のように泡だつところで。〃あなたはすべての泉のなかに降りてゆき、／仮象の一つ一つのなかを漂い抜ける。／あなたはひとつの遊戯を考えだし、／それは忘れられようとしている。（『罌粟と記憶』）

この詩の「あなた」に死者性を読みとることに問題はない。さらにそこに詩人の母を想定することは先の詩の「泉のほとりでためらっている」母とここで「泉のなかに降りてゆ」く「あなた」との関連性からいって自然である。事実、ツェラーンとの話でそれを確認したという証言もある。

　それにしても死んだ母の変貌ぶりはかなりの程度にまで進んでいる。前の詩では母の形姿には死者とはいえ、生前の面影がまだ生々しく残っていた。ところがこの詩の冒頭で、母が体験的な実体性を脱して、完全に異化され、見知らぬものに変容していることが告げられる。「こうしてあなたはわたしの知らない／ひととなったのでした。」「あなた」は親しいものでありながら、いまや死の暗闇のなかで、詩人と隔絶している。そして具体的な名前をもたないほどに不可視的な存在と化している。しかし死んで消滅したとはいえ、全く無に帰するのではなく、その無化の手前で死者存在はかえってその存在性を純粋かつ自由に発揚し、生命的となる。「あなたの心臓は泉の国の／いたるところで高鳴っています。」ここで水のイメージが現れる。前の詩にも涙としての水のイメージがあったが、まだ悲運な現実の体験レベルにとどまっていた。しかしこの詩の水はそれを超えて、さらに深い次元を流れている。「あなた」は母という限定をも脱し、現世的な輪郭を解体させ、無名的になり、水という無定形《アモルフ》の存在に近づいていく。そうした水は死の水であると同時に再生の水でもある。「心臓」の「高鳴り」は生命の顕現であるが、それが「泉の国のいたるところ」に遍在していることは、この生命が常に母だけの個人性に限定されるものでなく、超個人的、普遍的な原生命であることを意味していよう。

　もとよりこの水は体験できる水ではない。イマジネールな水であり、非存在的な水である。それ故「どんな口も飲むことができ」ない。第二節は泉の水が流れる地下世界の消息を伝えている。地上の生の世界では「かたち」と「影」の主従関係は疑いない。ところが地下の死の領界ではその関係は逆転し、「影」が主に、「かたち」が従になる。それどころかここではさらに「影」だけが自立して、「かたち」は存在性を失う。母という形姿は消滅し、完全に「影」という非物質的なものとなっているのである。この非物質性、無限定性、非実在性がイメージとしての水に外ならず、その湧出は泉となって外部化するが、それも「仮象」にすぎず、恒常的な存在性はない。水の表現としての「仮象」と「仮象」の本質としての水――こうした水と「仮象」との相即不離の、滞留を知らない関係がこの死の世界に認められる。

「泉」を通じて「影」の世界に下降していった母、いまや母でさえなくなった無名的な「あなた」はあらゆる固定性を去って水性を得る。そして「漂い」の自由自在さのなかで、「仮象」を貫く融通無碍《むげ》の運動そのものとなっている。この運動こそ「遊戯」に外ならない。「仮象」のこの世界にふさわしい唯一の活動は「遊戯」であり、しかもすべての「遊戯」のなかで最も拘束のない「遊戯」、己自身の行為を否定する「遊戯」である。あらゆる相対的なこだわりと無縁な「遊戯」は自我の意識的なはたらきを放下すること、即ち忘却することでもある。死は「遊戯」と忘却へと深まっていく。この詩で詩人は亡くなった母の形姿が把握不可能な世界に消え去ってしまったことを見ている。彼は母を暗闇のなかにとどめ、彼女を水のなかから呼び出すことはしない。彼は非在をとらえる眼差で彼女を見ている。

忘却から想起として蘇る母

母なる存在が現世との絆から完全に切断され、忘却の淵に沈みながら、これまでとは全く異なる存在へと変容していくとき、その先どのような事態が待ちうけているのか。次に「旅の道づれ」と題する詩を読む。

DER REISEKAMERAD

Deiner Mutter Seele schwebt voraus.
Deiner Mutter Seele hilft die Nacht umschiffen, Riff um Riff.
Deiner Mutter Seele peitscht die Haie vor dir her.

Dieses Wort ist deiner Mutter Mündel.
Deiner Mutter Mündel teilt dein Lager, Stein um Stein.
Deiner Mutter Mündel bückt sich nach der Krume Lichts.

旅の道づれ／／おまえの母の魂が先を漂う。／おまえの母の魂の助けで夜を避け、暗礁を一つ一つ切り抜ける。／おまえの母の魂の鞭はおまえを鮫からまもる。／／この言葉はおまえの母の被後見人。／おまえの母の被後見人はおまえと臥所《ふしど》をともにし、石また石の涙をこぼす。／おまえの母の被後見人は身をかがめて光のパン屑をひろう。(『罌粟と記憶』)

航海の情景がはじめに展開される。「夜」、「暗礁」、「鮫」といった危険に満ちた海を行くこの船旅は、難儀な世渡りを思わせる。この海を渡る冒険をするのは「おまえ」、即ち詩人自身である。そして母は魂となって非在の空間を浮游しながら、高次の不可視性のなかで、現実の体験次元にいる息子たる詩人をいわば水先案内人として先導しているのである。詩人は実生活における方向づけを亡き母の導きに頼ることになる。母は息子が人生の航路で闇夜の「暗礁」に乗りあげて難破しないよう、また外敵(「鮫」)から守られるよう、慈愛をそそぐ。詩人は「母の魂」による加護が自分の詩作行為の原動力になっていることに覚醒する。

それにしても母のイメージの変貌は驚異的である。最初は非業の死ゆえに死に徹することができず、生と死の境界でさまよっていた母であったが、やがて生への執着からも解放され、もはや母でさえなくなり、忘却そのものにまで深化する。そして死を死にきることによって無と化した母はかえって逆に不可視の存在として復活する。こう見てくると母の態度が過去に囚われた受動性から、忘却を経て、未来を創造する能動性へと変遷していることがわかる。当初、息子の助けを必要としていた母も死への徹底によって自在を獲得し、いまや逆に息子に助けを必要とされる存在になっている。過去への方向性が方向性喪失を経て、未来への方向性を獲得したということもできよう。

母親はこのように完全な精神化あるいは霊性化の過程である変容によって、死という忘却のなかから未来を志向する想起として蘇る。したがって想起といっても、それは単に過去の出来事を過去に囚われた状態で忘れずに記憶に留めておくことではない。想起は過去の解体、消滅、忘却、死を前提とする。こうして過去が一旦は無時間的な現在に没し去り、その中から浮上してくる預言的な未来が想起に外ならない。したがって想起は過去、現在、未来を己の内に統一しているといえる。「おまえの母の魂が先を漂う」という冒頭の詩句は変容を経たあげくに未来へと自己を投企する想起の未来性を歌っている。最終的な母の形象は純粋な現在において過去と未来を止揚した想起といえよう。

言葉の後見人としての母　ところで詩人が現実と渡り合うとき、触媒となるのは言葉以外にない。言葉によって彼は現実をいわば切り開いていく。言葉は常に詩人の身辺にあって、人生航路の伴侶としてなくてはならない存在である。第二節の冒頭で「この言葉はおまえの母の被後見人」といわれる。母が言葉の後見人、即ち保護者となれば、詩人と言葉は母を共通の保護者としてもつ兄弟ということになる。したがってタイトルの「旅の道づれ」は詩人と旅をともにする言葉に外ならない。そして被後見人にあたるドイツ語 Mündel のなかに、言葉の発生の場としての口を意味する Mund を読み取れば、言葉が後見人たる母親の庇護のもとに、あるいは彼女からの口写しによって語られる仕組みが明らかとなる。

詩人と言葉の二人連れが亡き母という超越性に見守られ、導かれるという旅の風景がここにある。しかしその旅は快適にはほど遠く、不自由と困苦の連続である。「おまえの母の被後見人はおまえと臥所をともにし、石また石の涙をこぼす。／おまえの母の被後見人は身をかがめて光のパン屑をひろう。」つまり旅＝詩作は二人で一つの「臥所」を使うほど困窮し、「石の涙」を流すほどに辛辣《しんらつ》で、「パン屑をひろう」ほどに欠乏している。詩人と言葉が眠るとき、旅の苦難を思って流す涙は睡眠という忘却の中に沈み込む。「石」は忘却のなかで、あるいはそこから涙が結晶して出来たものである。ツェラーンにおいて涙から石への結晶化は体験から忘却を経て想起に向かう変容過程の中でしばしば登場する。涙が石に変容することの中にはすでに救済があろう。そして石は詩の言葉といってよい。しかし救済の最も明白な表現は最終行の「光」にあることはいうまでもない。しかもこの「光」が天上にはなく、床ないし地面に落ちている「パン屑」という取るに足りないものにおいて輝いていることは、苛酷な現実へと向かう詩人と言葉の、さらには二人を導く母の超越的な志向性を示していよう。

以上われわれは母をモチーフとする詩をいくつか検証しながら母の形象が体験レベルから出発し、忘却レベルを潜り抜け、最終的に想起レベルにまで到達していることを確認した。そして母の変容はそれだけにとどまらず、詩の言葉のありようとも根源的にかかわっている。即ち詩の扱う現実は体験に根ざしたものから忘却を経由して想起された現実へと、円環を描きつつ回帰するが、実はその現実を成り立たせている言葉そのものこそ日常の体験レベルを離れ、沈黙を潜り、さらに詩の言葉、想起の言葉に再生しているのである。ツェラーンにおいて母は死の変容を重ね、終極的には詩の言葉を生む母胎となっている。

回帰する時間

1　忘却と想起

ツェラーンは強制収容所での死を幸運にも回避できたが、両親をはじめ幾多の同胞を失ったことは、詩人の生き方を根底から揺さぶらずにはおかなかった。彼は自分が生き残っていることに対し、常にある種のやましさ、罪の意識をいだいていた。現に生きてあることは彼にとって死者たちとの関係を絶つどころか、その結びつきを深めることであった。よく生きることは、死という忘却の淵に沈んだ者たちの声なき声に聴き入り、それを思い出として蘇らせ、死者の証人となることによって生を死の側からラディカルに解体し、構築することであった。したがって思い出、記憶、想起あるいは回想といった言葉で表される精神の営みが重要な意味をもってくる。それは死と再生、不可視と可視との両極をつなぐ。詩人は死と接する生の縁辺部ではじめて十全に生きるのであり、可視のなかに不可視の表現を観るのである。

「罌粟と記憶」とは

ツェラーンが詩人として出発する当初から記憶、夢、眠りといった無意識の事象に関心を寄せていたことは偶然ではない。彼の第一詩集は『罌粟と記憶』であり、また一九四八年にウィーンで発表した散文は『エドガー゠ジュネと夢の夢』という。彼は戦後すぐにブカレストに出てルーマニアのシュールレアリストたちと交流をもったが、その影響が作品を生んだというより、無意識層への彼のおのずからなる念慮が基本にあったというべきであろう。また後者のエッセイはシュールレアリスムの版画家エドガー＝ジュネのリトグラフ作品集にオットー＝バージルの序言とともに収められているが、ジュネの作品世界を魂の深海に見立て、そこに生起する事柄を報告するという体裁をとっている。

ところでツェラーンはホロコーストにまつわる死を契機に、失われたものを忘却の中から取り戻すため、いまや決定的に無意識の世界と深くかかわる。無意識の圧倒的な形象の洪水に己を開き、それにわが身を委ねることは創造的行為の不可欠の前提であるが、しかしそれだけでは夢想家や精神病者と変わらない。自己を理不尽な破壊から守るためには、こうした非合理なイメージの力に芸術の形成力と悟性を対置させ、言語化しなければならない。芸術作品の秘密は無意識の豊饒《ほうじょう》さと意識の合理的思考との相互作用にある。ツェラーンは特に初期において彼の冥府のデーモンを調《ちょう》伏《ぶく》するという実存的な問題に深く捉えられていたように見える。詩集の題ともなった「罌粟と記憶」という二語は、陶酔、夢、忘却のメタファーである罌粟と秩序化する精神のはたらきである記憶との両極性の緊張と調和を示している。

CORONA

Aus der Hand frißt der Herbst mir sein Blatt: wir sind Freunde.
Wir schälen die Zeit aus den Nüssen und lehren sie gehn:
die Zeit kehrt zurück in die Schale.

Im Spiegel ist Sonntag,
im Traum wird geschlafen,
der Mund redet wahr.

Mein Aug steigt hinab zum Geschlecht der Geliebten:
wir sehen uns an,
wir sagen uns Dunkles,
wir lieben einander wie Mohn und Gedächtnis,
wir schlafen wie Wein in den Muscheln,
wie das Meer im Blutstrahl des Mondes.

Wir stehen umschlungen im Fenster, sie sehen uns zu von der Straße:
es ist Zeit, daß man weiß!

Es ist Zeit, daß der Stein sich zu blühen bequemt,
daß der Unrast ein Herz schlägt.
Es ist Zeit, daß es Zeit wird.

Es ist Zeit.

コロナ／／秋が私の手から木の葉を食べる——私たちはともだち。／私たちは時を胡桃《くるみ》の殻から取り出し、行くことを教える——／時は殻のなかに戻ってくる。／／鏡のなかは日曜日、／夢のなかでの眠り、／口は真実を語る。／／私の目は恋人の性器へとくだる——／私たちは見つめあう、／私たちは暗いものを語りあう、／私たちは罌粟と記憶のように愛しあう、／私たちは貝殻のなかの葡萄酒のように眠る、／月の血の光のなかの海のように。／／私たちは窓のなかで抱きあったまま立っている、彼らは通りから私たちを見る——／知る時がきた！／石がついに花咲く決断を下す時がきた。／不安で心臓が鼓動する時が。／時が生まれる時がきた。／／時がきた。（『罌粟と記憶』）

夏が活動と出来事の時間とするならば、秋はそれが衰退し、忘却と枯死へと向かう時間といえよう。しかし秋は他方では結実、実現の時間と見なすこともできる。即ち秋は忘却と想起というアムビヴァレンツをもつ。美しく魅惑的なこの詩の第一節では、胡桃のなかに忘却として閉じこめられていた秋の自然の無時間性が、殻から出て移ろう無常の時間のなかを歩かされてのち、再びもとの無時間性へと回帰する。円環的時間のなかで秋の静寂は胡桃のなかで一層の深まりをみせる。この時間はそのまま鏡の中や夢の眠りの時間と共通する。

恋人たちのなかにも忘却の時間がエロスの深い眠りとしてあるだろう。そしてそれは死と深くかかわる。愛し合うことは死に限りなく同化すること。だとすればここにも愛における生と死のアムビヴァレンツがある。「罌粟と記憶のように愛しあう」とはしたがって、罌粟＝忘却＝死と記憶＝生との愛を実現することである。

愛の実現は失われたもの、忘却されたものが想起されること、死から生へと甦ること、「石が花咲く」ことである。石は墓石を意味するように、言わば死の極まりであるが、それが満を持しての如く、突然生へと転換するのである。時間は忘却から想起へと回帰することによって真の時間へと再生する。いまが正にその時だというのである。表題のコロナは皆既日食の時の太陽のコロナ、あるいは聖像のまわりに描かれる光輪を意味するが、その円環形象は時間の回帰とともに、死の闇を克服した光の王冠の誕生を象徴している。

ツェラーンは死と忘却の深まりが再生と想起へ転化する、その間《あわい》の、時熟ともいうべき微妙なはたらきに早くから注目していた。そしてそのすぐれて曖昧な領域を創造の場とみなしていた。死と生、眠りと覚醒、忘却と想起といったそれぞれの二項は決して固定的に対立するものではなく、かえってその豊かな交互作用の律動のなかで詩の言葉は根源的に生まれる。したがって忘却と想起は言葉という同一の現象に表裏する二つの現象形態であり、忘却は消極的な想起、想起は積極的な忘却であるといえよう。ツェラーンにとって詩とはこのように幽と明の境界に開かれる時空での言葉の生成運動に外ならない。

「葡萄を摘む人々」

次に葡萄酒の熟成を歌う詩を読んでみよう。秋の葡萄の収穫に始まり、破砕と圧搾のプロセスを経て、しだいにに発酵が進行するなかで不純物が取り除かれる。その後さらに長時間の貯蔵熟成がおこなわれてはじめてあの清澄で豊醇な葡萄酒が得られる。その醸造には詩人の創造過程と同質の時間が流れている。

DIE WINZER

Für Nani und Klaus Demus

Sie herbsten den Wein ihrer Augen,
sie keltern alles Geweinte, auch dieses:
so will es die Nacht,
die Nacht, an die sie gelehnt sind, die Mauer,
so forderts der Stein,

der Stein, über den ihr Krückstock dahinspricht
ins Schweigen der Antwort-
ihr Krückstock, der einmal,
einmal im Herbst,
wenn das Jahr zum Tod schwillt, als Traube,
der einmal durchs Stumme hindurchspricht, hinab
in den Schacht des Erdachten.

Sie herbsten, sie keltern den Wein,
sie pressen die Zeit wie ihr Auge,
sie kellern das Sickernde ein, das Geweinte,
im Sonnengrab, das sie rüsten
mit nachtstarker Hand:
auf daß ein Mund danach dürste, später –
ein Spätmund, ähnlich dem ihren:
Blindem entgegengekrümmt und gelähmt –
ein Mund, zu dem der Trunk aus der Tiefe emporschäumt, indes

der Himmel hinabsteigt ins wächserne Meer,
um fernher als Lichtstumpf zu leuchten,
wenn endlich die Lippe sich feuchtet.

葡萄を摘む人々⫽ナニ＝デームスとクラウス＝デームス夫妻のために⫽かれらはかれらの目の葡萄をとりいれる／かれらは流したすべての涙の房を搾る、この房もまた――／それが夜の願い、／かれらがもたれかかっている夜の、壁の。／それが石の要求、／かれらの撞木杖は石の向こうの／応答の沈黙のなかに語りかける――／かれらの撞木杖はいつしか、／いつしか秋になり、／一年が死へと膨らみ、房となるとき、／いつしか唖のなかをつらぬいて／案出の縦坑の中に語りかけるだろう。⫽かれらはとりいれる、かれらは葡萄を搾る、／かれらは時をかれらの目のように押しつぶす、／かれらはにじみ出るものを、涙を、／かれらが夜にきたえた手でこしらえる／太陽の墓に貯蔵する――／のちに、一つの口がそれに渇きをおぼえるときのために――／かれらの口にも似た一つの遅れてきた口が――／盲《めしい》に向かって歪み、麻痺して――／一つの口、その口をもとめて酒は深みより泡立ちのぼる、一方で／空は蠟《ろう》の海に降り立つ、／彼方から蠟燭《ろうそく》の燃えさしとなって輝くために、／このときついに唇が湿される。（『敷居から敷居へ』）

葡萄酒造りと詩の創造

ウィーン時代に年少の友人であったデームスとその妻への献辞をもつこの詩の場合も、「コロナ」という詩と同様、秋とは親しく、そこには時間の創造的円環運動が見られる。「かれら」が摘む葡萄は自分の目から流れる涙の一粒一粒。葡萄と涙の結合は形状の相似はもちろんのこと、何よりもドイツ語の Wein（葡萄）と weinen（泣く）の音韻的な連想による。

「かれら」は悲しみを収穫し、それを搾り、発酵させ、醸成して上等な葡萄酒を造る。この間、「かれら」の個人的体験は一般的妥当性をもつ本質へと濃縮され純化される。すでに明らかなように、「かれら」とは詩人である。ツェラーンとデームス夫妻を結びつけるものは、ユダヤ人であることと、それにまつわるさまざまな苦難、そしてそれをどのように変容させ、詩へと高めうるかという問題性であったといえよう。

詩人という葡萄摘み人が醸造に従事するのは狭い個我の意図ではなく、夜や石の要請による。夜の暗闇と悲痛の涙が忘却の果てに石に結晶するという、個人の尺度を超えた次元での事象──「かれら」のワインづくりには、こうした根源における存在の無と死の感覚に導かれ、またそれを目指すことは不可欠である。しかしその夜も地下牢の石壁という閉塞の危険性を孕んでいる。つまり詩人は創造行為にあたり、不断に死を経験することによって、古い知覚と思考と形式を破らなければならない。こうして彼は自己崩壊の危機に自らをさらしながら、己の存在を常に新たに投企しつづけるのである。自己破壊は彼の歩みが展開するための前提となる。したがって葡萄酒の醸造家は身体に障害をもつ者として示される。そして撞木杖は肢体が不自由な人の人生の歩みを助ける、つまり詩人の道具（言葉）として石と化した世界の謎を解明する能力をもつ。しかしその杖とても、手にした時から万能を発揮するわけではなく、石に語らせるまでには、それなりの時熟が必要となる。その証拠に、当初、杖は石の表面を上滑りするだけで、それを生へと覚醒させることができない、つまり詩人の言葉はまだ沈黙を貫き通すまでに熟していないため、虚しく沈黙に面壁するのみである（六―七行目）。

しかしやがて稀なる瞬間の到来によって、突如として石の壁が破られる。満を持していたかのような三度にわたる「いつしか」の繰り返しのあとで、杖の言葉は沈黙の中を貫く。葡萄の房が死とともに成熟する生の完成であるのと同じく、沈黙は沈黙として熟することによって言葉となる。このような突破というべき決定的な事態を転機として、撞木杖は石の沈黙を掘り起こし、縦坑のなかへわけ入っていく。その垂直的な空間は忘却と記憶の宝庫であり、そこでは無常なる通常の時間において脈絡のなかったもの同士が思いがけないまとまりとして形成され、石と化した悲しみも石として表現となる（花咲く）。したがってこの「案出の縦坑」は死者の記憶が取り出され、解放され、救済される通路ともなりうるのである。

往還する時の熟成

第二節にはいっても、新たな展開はなく、既知のモチーフの反復とその変奏のために、再び詩の冒頭に連れ戻されたかのような印象をうける。しかしこれは単なる繰り返しではない。時はたしかに進行しているが、それと同時に絶えず後戻りがおこなわれ、その度毎に時の内面は深められていく。それは正に酒の醸造にも比すべき時の熟成であり、前進しつつ後退する時の往還運動である。

こうして時はゆっくりと円を描きながら立ち戻りを重ねるうちに変容の度合を深めてゆく。しかし時の変容のリズムにもやがて停滞が生じる。そしてついに沈黙という石の壁を前に進退これ谷《きわ》まる。このとき石そのものがそのままのかたちで己を開く。ちょうど死の果実が成熟の果てに、不可視の精神へと転身するように。突破である。

突破という驚異的な事態が生起すると、その後、時のリズムは再び軽快な速さを回復する。そして詩の大地は大きく口を開き、記憶の縦坑を垣間見せる。いまや重点は収穫や圧搾といった、人間の意識が支配的な能動的、物理的作業から、貯蔵以後、つまり人間の手を離れてからの発酵という、受動的、有機的な出来事へと移ってきている。時間は回帰を反復するなかで濃縮され、「太陽の墓」に保管される。時間はここで死を経験する。発酵により糖がアルコールに分解されるように、生の原料から精神の本質が生じる。

葡萄酒と詩を享受する「遅れてきた口」　ワインの醸成後はそれにふさわしい飲み手が求められる。彼の口は葡萄摘み人の口と似ていなければならない。つまり彼は任意の消費者であればいいというのではなく、生産の事情にも通じていなくてはいけない。またその口は時の熟した飲み物を飲むのに適した「遅れてきた口」でなければならない。さらに飲み手は葡萄摘み人が盲目であり、身体に障害をもつように、口が麻痺していなければならない。こうした機能障害をもつ口にしてはじめてワインを飲むことが許される。言うまでもなくワインとは詩であり、口は読者である。盲目を代償として生まれ、盲目の人に解読可能な点字としての詩を読むためには、読者は理解だけでなく、自らも身体的にそれに見合う犠牲、受苦を経験していなければならない。

「遅れてきた口」をもつ読者にこうした条件が満たされると深淵からワインが詩となって噴出してくる。これは時間が忘却のなかから想起へと回帰していることを示している。想起は上昇と下降の同時性のなかでの天地の合一であり、天地が相互的に移行し合う開けである。蠟《ろう》に見立てられた海は読者の言葉にならない無形の悲しみの感情世界であるが、彼が詩を享受するときそれが費消され、ろうそくの燃えさしが至福なことに明るく輝く。

この詩は作品の生成について歌っているだけでなく、それの受容が詩作と同様に如何に創造的でなければならないかを強調している。詩の成立のためには詩人と読者の協力関係は不可欠である。また詩が天空と地上と地下をつなぐ下降と上昇の円環運動であり、時間の絶えざる反芻《はんすう》と成熟の産物であることも確認しておこう。

2　存在の縁《ふち》

言語の沈黙への解体と再構築　ところで想起としての詩が得られるためには体験が砕かれ、搾られることが前提となることが明らかになった。知覚や思考がまず忘却の夜の中に沈まなければならないのである。そしてそれは言語の解体を経験するということである。

UNTEN

Heimgeführt ins Vergessen
das Gast-Gespräch unsrer
langsamen Augen.

Heimgeführt Silbe um Silbe, verteilt
auf die tagblinden Würfel, nach denen
die spielende Hand greift, groß,
im Erwachen.

Und das Zuviel meiner Rede:
angelagert dem kleinen
Kristall in der Tracht deines Schweigens.

下では∥忘却のなかに連れ戻される／私たちの緩慢な目が交わす／客の対話。∥音節が一つ一つ連れ戻され、／昼盲症の賽《さい》のうえに配分され、するとそれを／ゲームする手がつかみかかる、大きく、／目ざめのなかで。∥そして私の過剰な饒舌――／おまえの沈黙の衣裳をまとう／小さな結晶に沈着して。（『言葉の格子』）

詩の言葉が生まれるために、通常の意味のまとまりとしての陳述内容は目と目が見交わす直接的なコミュニケーションの場において解体され、単語のレベルを超えて音節にまで細分化される。個々の音節は、昼ではなく、夜の闇にあってはじめて見開く目の盲目性のなかで、自己回帰を遂げる。それと同時に音節同士は賽を振るという偶然の論理に支配されながら、必然の結合を実現させるのである。このとき音節にまで断片化された言葉は沈黙に深く条件づけられた真実の表現となっている。

ベンヤミン

「注意深さ」とは

忘却とは存在の消滅のことではない。一見そのように見えても、忘れられたものは無意識のなかで変容を経ながら、やがて有用性と無縁の思い出、あるいは経験として甦る。したがって忘却と想起はひとつの根源的な心的はたらきの表裏一体の二つの側面に外ならない。ツェラーンは詩の成立にかかわるイメージの想起についてこう述べている。

> とすると詩は個々の人間の形姿となった言葉であり、その最も内的な本質からして現前であり現存である。（『子午線』）

つまり詩とは無意識のなかに忘却として沈殿したものを掘り返して、まざまざと想起すること、現前化することである。形姿以前の忘却という不可能性が、今、ここにおいて想起の可能性として身体性をもつことである。不可能性と可能性を画する敷居のうえに認めうる徴《しるし》、これがツェラーンにとっての詩であるといえよう。形姿をもたないもの、忘却はそのまま想起の形姿として表現されずにはおかない故に、逆に後者は前者の痕跡として例えば祈りの対象となることすらできる。ツェラーンはこのあとすぐ、文学者、哲学者、社会科学者を一身に集めたようなドイツの批評家ヴァルター＝ベンヤミン（一八九二〜一九四〇）のフランツ＝カフカ論のなかで引用されたフランスの哲学者マールブランシュ（一六三八〜一七一五）の言葉を紹介している。

注意深さとは魂の自然な祈りです。（『子午線』）

ここでさらにベンヤミンのエッセイのなかの該当箇所にあたってみると次のようになっている。

カフカは彼の深みにおいて「神話的予感」によっても「実存的神学」によっても与えられることのない根底に触れている。それはドイツならびにユダヤの民族性の根底である。カフカは祈ることをしなかったにせよ——それはわれわれには分からない——彼の最も本来的な固有性はマールブランシュが「魂の自然な祈り」と呼んでいるもの、つまり注意深さであった。そしてこの注意深さのなかに彼はすべての被造物を閉じ込めたのである。ちょうど聖者たちが彼らの祈りのなかにそれを閉じ込めたように。（『フランツ＝カフカ』）

忘却は個人的なものだけでなく、太古の世界の貯蔵庫であり、そこから常に新たに記憶が無尽に立ち現れてくる。ユダヤ教ではエホバが無数の世代にわたって記憶を保持しているとされるが、このことからも分かるように、記憶とは本来、敬虔なわざなのである。そして隠れた主人公たる忘却は現在のこの場のなかにみずからを痕跡として刻印するという神秘的な役割を演じている。記憶とはこの痕跡、そして徴《しるし》に外ならない。

したがって注意深さとは忘却故に現前している神聖な痕跡に気付くことであり、それを収集することである。この魂の集中によって記憶はしだいに質と量にわたり向上深化するが、痕跡を手がかりに根源の記憶に向けて手探りで進むこの道は究極において神に通じている。しかしツェラーンの志向性は形而上的な絶対者にあるのではなく、逆にそれと反対の方向、即ち痕跡、徴にある。彼にあっては超越的な祈りは痕跡や徴へと向下する、注意深さという祈りの一形式にとって替えられる。

「もはやない」から「いまもなお」へ

このように注意深さはあらゆる具体的な個々の出来事を特異な徴の現前として記憶しつづけることであるが、その現前の場が詩である限り、ツェラーンも言うように、「絶対詩——そうしたものはたしかに存在しない、存在しえない」（『子午線』）。詩は永遠の無時間ではなく、ましてや日常の時間ではなく、この時間が何らかの破局や反乱を契機として、中断され途絶する瞬間の切れ目において、特異な言葉として生起する。この時、詩は忘却から想起への自己の存在回復のなかで、己を開き、解放して個人的なものを保持したまま、それを自由なものへと転換する。

詩は己自身の縁において自己を主張します。それは存在し続けるために絶えず己を「もはやない」から「いまもなお」のなかに呼び戻し、取り戻すのです。この「いまもなお」はしかししたった一つの言葉であるかもしれません。つまり単なる言葉だけというのではなく、いわんやおそらく言葉による「言葉あわせ」ですらありません。そうではなく実現した言葉であり、ラディカルではあっても言葉によって設けられた限界、と同時に言葉によって開かれた可能性を記憶しつづける個のしるしのもとで解放された言葉なのです。

詩の「いまもなお」は、自分が己の生存の傾斜角のもとで、己の被造物性の傾斜角のもとで語っていることを忘れない者の詩のなかでしか見出すことができないのかもしれません。（『子午線』）

詩は「もはやない」から「いまもなお」へと己を回復しながら、忘却と記憶、沈黙と言葉の狭《きょう》隘《あい》な境界、つまり己自身の存在の縁辺において自分の道を切り拓いていかなければならない。詩は一つ一つの特異な出来事を、何度も廻る円周上の点のように記憶しつづける。そして記憶の反復性、回帰性は日付の本質であるが故に、日付を記憶しているものが詩であるということができる。

ツェラーンはゲオルク＝ビューヒナー（一八一三〜三七）の物語『レンツ』の冒頭で、一人で山中に入っていったレンツの姿に詩の場の開けと解放、そして逆倒した向下的な一歩の踏み出しという決断の行為を見ているが、正にこれこそ沈黙の言葉、呼吸の転回としての詩に外ならない。そしてそのレンツの記念すべき山行の日付が一月二〇日であったことからツェラーンはこう述べる。

ビューヒナー

あるいはどの詩にもその『一月二〇日』が書き込まれているといっていいのではないでしょうか。あるいは今日書かれる詩の新しさはまさにこのこと、つまりここでそうした日付を記憶しつづける試みが最も明白になされていることにあるのではないでしょうか。それにしても私たちは誰もがそうした日付を起点として書いているのではないでしょうか。また私たちはどんな日付に己の依りどころを求めたらいいのでしょうか。

それにしても詩はやはり語るものです。詩はその日付を記憶しつづけます、それは語るものです。たしかに詩はつねにそれ自身の最も固有なる事柄においてしか語りません。(『子午線』)

時の円環「子午線」

詩の時は根源への往相と根源からの還相からなる円環を描きながら自己に出会う瞬間において極まる。それはレンツが逆立ちをして足下の天空を奈落と見なす瞬間である。ここには「今・ここ」という日付を志向の目標とする逆転の世界観がある。現在において存在しているものはやがて過去において存在していたものとなるが、未来とはこの存在していたものの再帰の謂《いい》である。即ち存在していたものは常に未来に先立ち、到来するものは常に存在していたものとして現れる。過去は未来として現在に到来し、現実性を完熟させる。現在は逆立ちする。ここに時の円環が結ばれるが、ツェラーンはそれを「子午線」と呼ぶのである。子午線は言葉と現実を喪失し、沈黙と無という奈落に沈み込んだ存在が再び自己との出会いを求めて自らの存在を投企しつつ辿る回帰の軌跡である。否定性の極を経て再度、運命と方向を孕んだものとして戻ってくる子午線が「今・ここ」に見出すものは、可能となった言葉という人間存在の徴である。求められるべき現実において、忘却は自らを未来的なものとして想起に委ねることによって、過去と未来は相互に移行しあいつつ、現在として屹立する。そしてここからの一歩の踏み出しが新たな展開を生むのである。

深淵への下降

1　井戸を掘る

下降＝掘るということ

ツェラーンは深みへと降りていく。そのきっかけが死であれ、絶望であれ、ともかく彼は根源の深みへ入っていく。そして魂の幽暗な深海のなかで死や時間の経験を深めながら、やがて浮上への転機を発明するのである。否定的なものへの強烈なこだわりと、それを文字通り徹底的に、さらには底抜けに変容させる集中力、これがツェラーンの基本的特性である。ここではこの詩人の重要な身体的運動の一つである下降ということに触れてみよう。下降というヴェクトルは掘るという身振りにおいて典型的に現れている。またこの動作には井戸掘り、墓掘り、地下資源の採掘といったイメージが結びつく（「死のフーガ」にもあったが、強制収容所では囚人に墓掘りが課せられた。またツェラーン自身は労働収容所時代、道路工事で穴掘りの苦役に従事した）。

BRUNNENGRÄBER im Wind:

es wird einer die Bratsche spielen, tagabwärts, im Krug,
es wird einer kopfstehn im Wort Genug,
es wird einer kreuzbeinig hängen im Tor, bei der Winde.

Dies Jahr
rauscht nicht hinüber,
es stürzt den Dezember zurück, den November,
es gräbt seine Wunden um,
es öffnet sich dir, junger
Gräber-
brunnen,
Zwölfmund.

風のなかで井戸掘り人夫がうたう――//誰かビオラを弾きもしよう、一日を逆さに降って、甕《かめ》のなか、/誰か結構ということばのなかで逆立ちもしよう、/誰か門のなかで脚組みして吊るされもしよう、巻き上げ機のそばで。//今年は/さわがしく過ぎ去っていかない、/十二月を逆さにひっくり返して戻す、十一月も、/自分の傷を掘り返す、/おまえに自らを開く、掘りたての／墓掘り人夫の／井戸よ、／十二の口よ。（『雪のパート』）

詩人の死後の一九七一年に刊行された詩集『雪のパート』に所収。成立は一九六七年の暮で、詩集中、その後に続く新年の歌（「狂気のパンの／黴びゆく耳とともに／始まった新年／／飲むがいい／ぼくの口から」）と対をなしながら、往く年、来る年にみる時間の往還のからくりを歌う。しかし時間は最初から直接テーマになるのではなく、井戸掘りという作業を通じておのずと解明される仕掛けになっている。

下降から上昇への転回

人夫の仕事歌からはビオラの演奏が予告される。しかしそれは日常の時間の線形的な流れとは逆向きに奏でられる。未来への時間は過去への時間と歩みを同じくする。またビオラの時間は地下へと掘り進める空間的な下降とも重なっている。ところで二行目の「甕」はその形状からして地下に掘られた穴であるが、その底の存在はやがて下降運動が底を突き、上昇へと転じることを窺わせる。あるいは「甕」が水をたたえる器であることを思えば、井戸掘りの目的はすでに達成されたというべきであろう。果たして次の行では「結構」という言葉とともに新たな転回の運動への機会が訪れる。それは「逆立ち」という姿態にも現れているが、意味論的な内容もさることながら、「結構」にあたるドイツ語 Genug の綴《つづ》字全体が何よりも「逆立ち」を実現している。即ち大文字のGは語末において、一八〇度の回転の結果、小文字のgとして倒立するのである（さらにuとnの逆転の相互関係も文字遊びに加えてよかろう）。この詩行を含め前後合わせて三行はいずれも文法的には未来形であるが、内容的には過去を濃密に含む（「結構」も過去と結びつく）。こうして未来と過去、大と小が交差し合うなか、四行目においても「吊るされ」という下降のヴェクトルと「巻き上げ」という上昇のヴェクトルが重なり合う。また過去における収容所の忌まわしい逆さ吊りという死の風景と、ウィンチによる地下の土の引き上げ、ならびに井戸水の汲み出しという生の風景とが複合する。そしてこうした時制の交差、大小の交替、死生の交錯は門に逆さにぶらさがる男のX脚に徴となって端的に表れる。この詩節の末尾から改めて振り返ってみると、二行目から四行目の各行はそれぞれ井戸の掘削とその完了、そして水の汲み出しに対応し、全体として下降と上昇の往還運動を形成する。そしてそれはいずれにせよ過去の記憶を求めての作業であり、しかもその過去の時間が未来形のなかに到来することは意味深長である。このように時間にせよ、生死にせよ、相反する両極を貫く円環運動がここにも認められる。即ち「子午線」である。

過去と未来の交差する歳月

歳月は終わりの詩節にもあるように、噴泉と同じく、単に流れ去るだけではない。それは表層的な時の流れに抗逆し、過去という源泉への遡及運動を秘めている。したがって時間は一二月から一一月へと逆流するのである。そして昔に回帰する時間は塞がりかかった過去の傷口を次々に掘り返し進むなかで、いよいよ血の噴出——それは井戸水の湧出に外ならない——を惹起し、ついに井泉の源に到達する。そこは死者たちの記憶が眠る過去の墓場であると同時に、未来を孕む若い生命の根源でもある。過去と未来は同根なのである。過去は未来を生み、未来は過去を生む。またしても交差の論理。「井戸掘り人夫」(Brunnengräber) は歌の終わりにあたり、絶妙な間合いを入れながら自らを節回しよろしく、「墓掘り人夫の／井戸」(Gräber-／brunnen) に見立てる。合成語を構成する二つの要素の交換あるいは逆立ちは井戸の掘り当てを歌うのみならず、正に人夫自身が井戸であり、受難のユダヤ人たちの記憶を滔々《とうとう》たる言葉にして歌い出す口であることを示している。墓穴、傷口である口は言葉の泉であるが、未来から過去へ、そして過去から未来へと行き交う時間の出入口でもある。「十二の口」(Zwölfmund) は Mund → Mond → Monat の音韻連鎖を考えれば、一二の月、つまり一年と読むことができる。「十二の口」は進行と退行を同時的におこなう歳月を併呑し、かつ産出するのである。

2 「かれらの中には土があった」

掘ることによる自己と神の否定

掘ることによる地中への下降という運動を考える場合、詩集『誰でもない者の薔薇』(一九六三) の冒頭に位置する次の詩を取り上げないわけにはいかないだろう。

ES WAR ERDE IN IHNEN, und

sie gruben.

Sie gruben und gruben, so ging
ihr Tag dahin, ihre Nacht. Und sie lobten nicht Gott,
der, so hörten sie, alles dies wollte,
der, so hörten sie, alles dies wußte.

Sie gruben und hörten nichts mehr;
sie wurden nicht weise, erfanden kein Lied,
erdachten sich keinerlei Sprache.
Sie gruben.

Es kam eine Stille, es kam auch ein Sturm,
es kamen die Meere alle.
Ich grabe, du gräbst, und es gräbt auch der Wurm,
und das Singende dort sagt: Sie graben.

O einer, o keiner, o niemand, o du:
Wohin gings, da's nirgendhin ging?
O du gräbst und ich grab, und ich grab mich dir zu,
und am Finger erwacht uns der Ring.

かれらの中には土があった、そして／かれらは掘った。／／かれらは掘ったそして掘った、こうして／かれらの昼はすぎていった、かれらの夜は。そしてかれらは神を讃えなかった、／神はこうしたすべてを望んでいた、とかれらは聞いていた、／神はこうしたすべてを知っていた、とかれらは聞いていた。／／かれらは掘ったそしてもはや何も聞かなかった、／かれらは賢くならなかった、歌ひとつつくらなかった、／言葉を考え出すことがなかった。／かれらは掘った。／／静けさが来た、嵐も来た、／すべての海がやって来た。／わたしは掘る、きみは掘る、そして虫も掘る、／すると向こうで歌うものが言う、かれらは掘っている、と。／／おおだれか、おお、だれひとりでも、おおだれでもないもの、おおきみよ――／どこへも行かなかったのに、どこへ行ってたのか。／おおきみは掘るそしてわたしは掘る、そしてわたしはわたしをきみに向かって掘る、／するとわたしたちの指に指輪が目をさます。（『誰でもない者の薔薇』）

ここでは掘ることが前の詩に比べて一層徹底して愚直なまでに遂行される。ところで掘るという行為の場所は「かれら」人間の内部の土の中であるという。ここで思い出されるのは旧約聖書の「創世記」にある、神による土からの人間創造の物語である。神によって生命の息吹を与えられた泥人形（ゴーレム）は土を脱して人間へと変身するが、この詩ではそうした歴史的な時間の流れは逆転し、再び人間から土に戻り、さらに土の中へと遡行する。そして穴を掘り進めるのであるが、この作業は人間の本源へ向けての自己否定、あるいは自己からの脱却の試みである。詩の中程である第三節の終わりまでに「掘った」の繰り返しは計五回を数えるが、回を重ねるごとに内部への掘り進めは外部との連関を放棄し、自己目的化していく。また「創世記」における天地創造の時の刻みが、「夕べがあり、朝があった」といわれているように、肯定的、生産的であるのに対し、ここでは「かれらの昼はすぎていった、かれらの夜は（すぎていった）」であり、時の流れのリズムに逆転がみられる。このように「かれら」の作業は神による世界創造とは逆の方向に進んでいて、神否定の契機をあらかじめ含むものである（「かれらは神を讃えなかった」）。そしてさらに興味深いことに、神自身、己の栄光の失墜は先刻承知の、しかも自ら願望する事態らしいのである。

掘削そのものが掘削される

このうえは「かれら」の掘削にいきおい弾《はず》みがつかないはずがない。その仕事ぶりはほとんど三昧境であり、憑依《ひょうい》の様相すら呈する。もはや何も耳に入らない。したがって賢くもならなければ、歌をつくることもなく、言葉を考え出すこともない。こうして否定の運動がどこまでも深く掘り下げられる。「かれら」の存在を根底から統《す》べる創造主の神からも遠く隔たり、その噂すら聞こえなくなったいま、内面に掘り続けられる空洞はいよいよ深く、大きくなり、その空虚は今度は逆に「かれら」を蚕食《さんしょく》するほどである。それでも「かれらは掘った」。
掘削が極限に達すると、坑道の最前線において転回の現象が生じる。いわば空無そのものを掘りあてると、次は空無それ自身が主体となって掘削を宰領する仕儀となる。「静けさ」と「嵐」はいずれも空無の源初的な相貌。このヤヌスの双面は「海」の顔でもある。虚無への下降は最深の極点において否定性の権化としての「海」を発見するが、その「海」が積極へと転じるに及んで掘削そのものが掘削されるという背理が生じる。するとこの否定の否定により、従来の「かれら」の単調で千篇一律な掘削は一変して、愉快なそれのオン－パレードが現出する。掘るのは個体化され、解放された「わたし」であり、「きみ」であり、「虫」である。ここでの掘削の生き生きした遊戯性は第四節なかばにおける過去から現在への時制変化と掘るという動詞（graben）の多彩な現在人称変化に対応する。そしてそれは掘り下《くだ》る段階において一旦は否定された歌の肯定、復活であろう。掘ることがそのまま歌うことへと転身している。掘ることは空無を掘り、空無をあらしめることであるから、空無の歌の出現ということである。歌の否定が否定の歌となって新たに甦るのである。

「だれでもないもの」との出会い

最終節の間投詞「おお」の連発は歌の成立の何よりの証左である。しかし「向こうで歌うもの」といわれる歌を成立させる根源は、「静けさ」と「嵐」を孕《はら》む「海」のように消極（否定）と積極（肯定）の両面をそなえた無名なる存在あるいは非存在であるが、同時に限りなく親しい。「おおだれか、おおだれひとりも、おおだれでもないもの、おおきみよ」という呼びかけは、その根源なるものが存在から無までの振幅をもつことを示している。それは「海」のもつ無差別性のなかですべての両極的な差異を包括している。こうして対称的な反対命題はこの根源の深みの次元においては鏡を挟んでの外と内のように媒介される。主観的な意図や抽象的な合目的性、さらには神の摂理からも脱し、志向性の喪失のなかに浮游する運動において差異の合一が実現するのである。「どこへも行かなかったのに、どこへ行ってたのか」という背理的な表現にみられる宙吊りの恍惚状態は、正に土中の盲目の「虫」と同じように、恣意的な目的と方向を欠いたまま、ひたすら掘ることに徹してきたことがついに結果として到達した地点を示している。最後の二行で「きみ」と「わたし」はそれぞれ孤独に掘削を進めているが、結局それは無の鏡を介しての同じ一つの運動に外ならない。「わたし」の掘削による孤独の深まりに対し、無の底から「だれでもないもの」である「きみ」の掘削が呼応するが、いまではむしろその関係が逆転して「だれでもないもの」の掘削が「わたし」のそれを成立させているといえよう。このように両者は鏡のような映し映されの相互関係にあり（最終節の一行目と三行目は交差配列的な構成となっている）、「わたし」が掘るのも結論的には「だれでもないもの」である「きみ」に出会うためであったのである。最後に輝く指輪は、両者それぞれがみずから掘ることで狭い己から脱し、自分に向かって掘り進んでくる他者と合一するという魔術が覚醒したことの徴である。

「水」との出会い

1　イメージの「水」

地中を掘り進めるという否定の行為を極めるとき、そこに計らずも恵まれる海の出現。前章で取り上げた詩「かれらの中には土があった」では海は大地の最も深い場所にあって、詩の否定的なヴェクトルを吸収し、それを再度肯定的な（と仮に言おう）ヴェクトルへと転換させる重要な機能をもっていた。詩「風のなかで井戸掘り人夫がうたう」においても井戸水の掘り当てと汲み上げは詩の構造そのものに深くかかわっている。また「こうしてあなたはわたしの知らない」で始まる、詩人の母を歌った詩では、母の死が泉の国の水に変容することによって、母という存在が個人性を脱して、より一層根源的なものになっていった。ここでも水が大きな役割を演じている。

「水」の根源性

このように「水」はこれまでに扱った詩からも明らかなように、掘削をはじめとする下降運動が究極的に逢着《ほうちゃく》するイマジネールな物質である。ところでツェラーンにあっては、「水」は特に初期の『罌粟と記憶』および『敷居から敷居へ』の両詩集において、死と愛という中心的なテーマを展開するための格好の空間を提供している。詩人は「水」のイメージを深めることによって生、とりわけ死の根源、そして宇宙の根源へと下降する手だてをもとめているようなのである。ギリシアの哲学者タレスは万有がそれによって成立し、またそれへと帰還するものとして「水」を想定した。「水」は自然のうちに遍在し、自然に生命と活動を与える永遠の生命原理であったのである。ところがいうまでもなく、ツェラーンの「水」にはそれほどの肯定性はない。むしろ死と解体と忘却とに特徴づけられている。しかしその根源性はいささかも変わらない。

死と再生をともにつかさどる海

ツェラーンはネガティヴではあるが根源的な「水」というイメージを使っての詩作の試みを何度も繰り返しながら、「水」の詩的空間を徐々に築いてゆく。

例えば次の作品。

BRANDUNG

Du, Stunde, flügelst in den Dünen.

Die Zeit, aus feinem Sande, singt in meinen Armen:
ich lieg bei ihr, ein Messer in der Rechten.

So schäume, Welle! Fisch, trau dich hervor!
Wo Wasser ist, kann man noch einmal leben,
noch einmal mit dem Tod im Chor die Welt herübersingen,
noch einmal aus dem Hohlweg rufen: Seht,
wir sind geborgen,
seht, das Land war unser, seht,
wie wir dem Stern den Weg vertraten!

砕ける磯波／／時刻よ、おまえは砂丘ではばたく。／／細かい砂からできている時は私の腕のなかで歌う――／私はその横に添い寝する、右手にナイフをもって。／／さあ、波よ、泡立て！　魚よ、思いきってとび出せ！／水があれば、もう一度生きることができる、／もう一度死と声を合わせて世界を歌い寄せることができる、／もう一度隘路《あいろ》から叫ぶことができる――見よ、／私たちは守られている、／見よ、陸は私たちのものだった、見よ、／私たちは星の行く手を遮《さえぎ》ったのだ、と。（『罌粟と記憶』）

海浜の風景のなかに横たわる恋人のイメージは、「はばたく」「時刻」という外的にはっきり計量化できる時間の素速い推移と内的な時間の目に見えない経過のなかで、砂に描いたようにはかなく

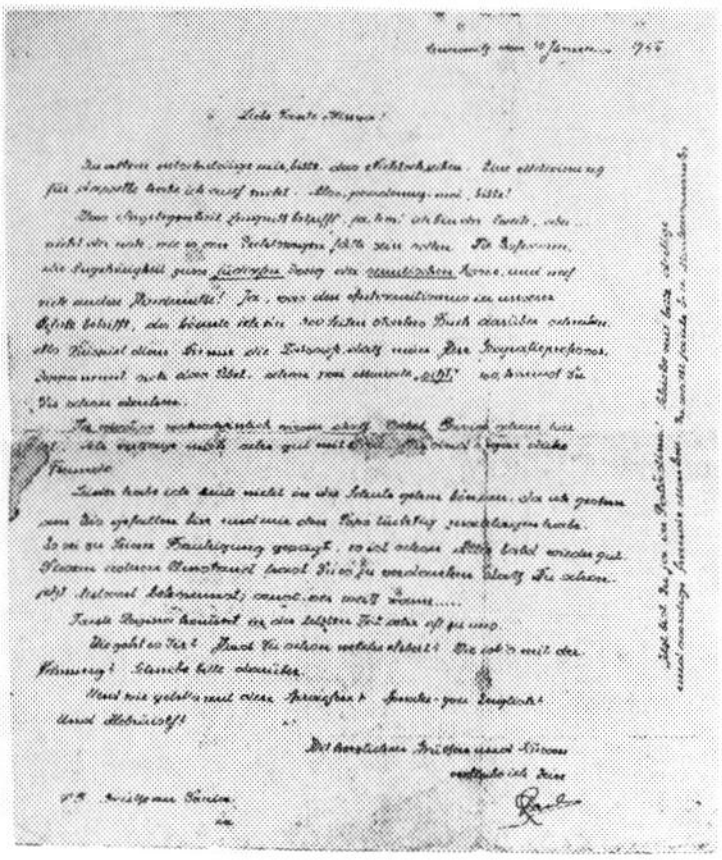

自筆の手紙　1934年1月30日付

消滅する運命にある。腕の中に抱擁される恋人は砂時計の砂という本質を与えられ、「私」の腕を抜け出るや否や、早くも死神の手中にある。恋人の死にとどめを刺すのが右手のナイフである。

無常と死の水際《みぎわ》はしかし第三節に入ると、生と歌の水際となる。押し寄せる波しぶき。海は一旦はそこで失った生を再び回復へともたらしてくれる。生《いき》のよい「魚」はその徴となる。海は死を引きうけると同時に生を可能ならしめる。海の水の中には死と生という相反する二つの方向性が同居し、相互に変換し合う仕掛けが存在する故に、死と諧和《かいわ》しうるほど、生の世界を甦りとして積極的に歌うことができるのである。たしかに無常の時間とともに海へと衰滅する歌はある（第二行）。だが海から再生した歌はそれとはおのずと性質を異にする。詩の末尾の数行で誇示される存在の救済、世界の再獲得、此岸の絶対的肯定といった事項は歌によってはじめて成立しうる。しかもその歌は狭隘な道を通り抜けた果てにはじめて解放されて生れ出るような歌なのである。「隘路」（Hohlweg）を通過することは歌の否定に外ならないが、その否定を通じて再び歌を獲得するという図式は後年、ビューヒナー賞受賞講演（一九六〇）に題として冠せられることになる「子午線」という図形の先取りであり、またその中の、例えば次の箇所の先駆的な現れである。

芸術の拡大？
いや、そうではなく芸術とともにおまえの最も固有なる隘路に入れ。そしておまえを解放せよ、なのです。
私は〔中略〕この道をたどってきました。それは円環をなしています。

しかし「水」のなかに死と生、さらには詩や言葉の運動の新たな展開の契機を発見しつつあるというのが、この詩の位置づけである。詩の場がこのあとさらに海辺から沖へと転位し（例えば詩「外海で」）、外洋という地上的なあらゆる約束や制度から自由になったところに移るとき、「水」は死や暗闇との一体化の度合いを一層深めることになる。

「島に向かって」

こんどの詩は島を目指して海上へと船出する。

INSELHIN

Inselhin, neben den Toten,
dem Einbaum waldher vermählt,
von Himmeln umgeiert die Arme,

島に向かって

島に向かって、死者たちと並び、
森から来た丸木舟と結婚させられ、
天は禿鷹となって腕のまわりに群がり、

die Seelen saturnisch beringt:
魂は土星の輪をはめられ——

so rudern die Fremden und Freien,
die Meister vom Eis und vom Stein:
umläutet von sinkenden Bojen,
umbelt von der haiblauen See.

こうして見知らぬ自由な者たちが漕いでいく、
氷と石の名匠《マイスター》たちが——
沈む浮標の音につつまれて、
鮫の青色をした海の咆哮《ほうこう》にとりかこまれて。

Sie rudern, sie rudern, sie rudern-:
Ihr Toten, ihr Schwimmer, voraus!
Umgittert auch dies von der Reuse!
Und morgen verdampft unser Meer!

かれらは漕ぐ、かれらは漕ぐ、かれらは漕ぐ——
おまえたち死者よ、おまえたち泳ぐ者よ、先に進め！
ここにも簗《やな》の格子に囲まれて！
すると明日は蒸発だ、おれたちの海は！

（『敷居から敷居へ』）

海の彼方の島が目標となる。海を渡ることは死とのかかわりを深めることであるから、死者たちとの同道は当然といえよう。その際、航海者は地上での夥《おびただ》しい生活条件を削ぎ落としていかなければならない。森の多くの樹木からは一本が伐り出され、削られて丸木舟が造られるが、形状からしてそれは棺のようである。またそれは海上では航行の唯一の伴侶であり、苦難に満ちた人生航路の最終目的の島までは添いとげなければならない。果たして沖に出るとさまざまな試練に遭遇する。空からは禿鷹に腕を襲撃される。腕は漕ぎ手の最も頼みとする身体部位である。また内面的には魂がメランコリーの枷《かせ》をはめられる。土星は中世以来、占星術においてメランコリーと深い関連があるとされてきた。太陽から最も遠く、しかも冷たくて重いと考えられたこの不吉な惑星は人々の心を不幸と悲しみと苦悶のうちに閉じこめるのである。さらにこれらの受難が天空や天体といった超越的なもの、垂直的なものと不可分であることにも注意したい。

このように死出の旅ともいえる航海は航海という水平的な移動そのものを否定し切断する要素を数多く孕んでいる。それと呼応するように第二節にはいってはじめて航海の主体たる主語が告げられるが、「見知らぬ自由な者たち」という名はほとんど人称上の特性を失っている。それを換言した「氷と石の名匠たち」も航海者たちの、存在を極度に切り詰めたありかたを示している。冷たく重い「氷」や「石」は死へと傾斜する存在の凝縮された極限形態であり、それに通暁している彼らはその重みもろとも海に沈み込む気配さえある。加えて航路の方向を示すはずの浮標までが沈みつつあり、その時響く鐘の音は弔鐘のように航海者たちを囲繞《いにょう》する。それと同時に生命をねらって彼らの周りに集合する鮫の群れ。いまや明らかに島を目指しての航海は絶望的である。当初は明確であった島への方向性は方向性の喪失を来たす。詩の表題と書き出しに相前後して現れる Inselhin は印象的であるが、その接尾辞 -hin は初めの方向指示（「～に向かって」）の機能を弱め、いまや消滅の意味合いが強い。目標の島を見失った航行は減速を余儀なくされるのである。

浮游の円環運動

直接的、目的的な運動が頓挫すると、それに替って、中間あるいは途上に留まり、そこをむしろ積極的に己の舞台とする運動が登場する。それは円環という形をとる。ところでこの円環運動は舟の直線的な進行の中に、それに抗《あらが》うようにして最初から潜在していたというべきである。第一節の「天は禿鷹となって腕のまわりに群がり」と「魂は土星の輪をはめられ」、そして第二節の「沈む浮標の音につつまれ」と「鮫の青色をした海の咆哮にとりかこまれ」(傍点筆者)に共通して認められる円の図形がそれを物語る。そうした円形はたしかに航海にとって災難以外のなにものでもないが、しかし航海を閉塞させ終息させる、外ならぬ否定的な円そのものが光輪さながらに苦海を浄土へと変貌させる可能性を秘めているのではなかろうか。

　第三節にはいっても「かれら」は必死の力漕を続けるが、前進に見切りをつけていることは、同行の死者に先に立って行くことを求めていることから明らかである。しかも先導すべきその死者さえいまでは「泳ぐ者」、漂う者なのである。もはや島のことさえ念頭になく、海上に浮かぶ「かれら」はまるごと簗《やな》に包囲される。この一網打尽をもって「かれら」の航海は完全に終わりを告げる。ここまで来ると、航海の目的は島への到達ではなく、無目的の漂流である、という逆説が浮上する。他者が問題なのではなく、正に方向を失って己自身以外に何の頼るべきものもないところで発見された浮游というアムビヴァレントな運動こそが海からの収穫なのである。格子によって円く取り囲まれた、この万事休すの状態は一方では航海者の存在の限界を露呈するものの、他方では鮫に襲われるなどして海の藻屑《もくず》と化すことから救ってくれる。格子、簗の形象がもつ限界の意味合いは救済の意味合いへと変換される。生の限界は限界の生へと、新たな生の可能性に向けて転じるのである。起死回生を約束する「明日」には海の気化によって生を搦《から》めとっている格子の網目模様が水位の低下とともにはっきり見えてくるだろうし、そうなれば言葉の格子による生の根源からの把握も可能となる。「水」の物語はここで「水」そのものの消滅に立ち会うことになる。「水」のもつ否定性はさらに己自身をも否定することにより、次の転生への契機をつかんだようでもある。詩集『敷居から敷居へ』の末尾に現れる格子という鍵概念は詩的言語そのものに対する意識化の徴候であり、次の詩集『言葉の格子』にはじまるツェラーン中期への敷居を越えるための、文字通り鍵を提供してくれる。

2　「水」と言葉

「水」と言葉との抜き差しならない関係は例えば次の詩で読むことができる。

「アナバシス」

ANABASIS

Dieses
schmal zwischen Mauern geschriebne
unwegsam-wahre

アナバシス

この
壁と壁の間に細く書かれた
道なき-真実の

Hinauf und Zurück
in die herzhelle Zukunft.

Dort.

Silben-
mole, meer-
farben, weit
ins Unbefahrne hinaus.

Dann:
Bojen-,
Kummerbojen-Spalier
mit den
sekundenschön hüpfenden
Atemreflexen -: Leucht-
glockentöne (dum-,

進行と退行
が向かう心明るい未来。

そこに。

音節《シラブル》の
突堤、海の
色して、はるか
航行できない彼方へ。

すると——
浮標の、
苦悩浮標の格子垣
には
寸秒ごとに美しく跳びはねる
息の反射——明りの
鐘の音（ドゥム－、

dun-, un-,
unde suspirat
cor),
aus-
gelöst, ein-
gelöst, unser.

Sichtbares, Hörbares, das
frei-
werdende Zeltwort:

Mitsammen.

ドゥンー、ウンー、
何故《ウンデ》ニ嘆《ススピラート》クカ
心ノ臓《コール》）、
解き
放たれ、受け
戻されて、われわれの。

見えるもの、聞こえるもの、
自由に
なりゆく天幕の言葉——

と共に。

（『誰でもない者の薔薇』）

進行と退行　表題の「アナバシス」は普通古代ギリシアの二つの遠征記、即ちクセノフォンのそれと、アレクサンドロス大王のインド遠征を扱ったものをいうが、ここでは前者を指す。ペルシアの王位継承争いに敗れ、反乱を起こした小キュロス王はギリシア人一万人の傭兵隊を率いてバビロンに向かうが、戦死（紀元前四〇一）。その後撤退する軍は殿《しんがり》を務めるクセノフォンの指揮のもと、幾多の苦難を超えて故国への生還を約束する黒海沿岸に無事辿りつく。

　第一節は表題を受け、それを敷衍《ふえん》する。一本のか細い線が伸び、その線上を往還する運動がある。ここにはクセノフォンの出征と退却の物語が共鳴していることはいうまでもない。「壁と壁の間に細く書かれ」た狭い道は、壁という閉塞状況のなかで身を削るような自己否定が漸次進行していること、しかも言葉を依りどころとしていることを示している。これはツェラーンの詩的世界に到達するためには必ず通過しなければならない障害である。実存的苦悩の刻印をもつこの道程にはあらかじめ真実の道なるものは与えられていない。道なきところへ果敢に自己投企することからかえって真実の道を結果的に発見するのである。道なきが道という逆説は「進行と退行」というアムビヴァレントな運動構造と符合する。「進行と退行」は上昇と後退という背反するヴェクトルをあわせもつ表題の語の前綴 ana- の再来、反復であり、詩自身、己の前進とともに絶えず以前に立ち戻りながら展開するのである。さらに行きつ戻りつ、あるいは昇り下りの揺蕩《たゆたい》に海上での波の動きを感得することもできよう。とすればここでも「水」は実存の「最も固有なる隘路」を通り抜けた先に満々と湛《たた》えられていることになる。ちょうど帰還するクセノフォンの傭兵たちが困難な行軍の後に目の当たりにする黒海のように。そして当然そこには「明るい未来」が控えていよう。しかしこの「未来」は単純に時間概念ととらえるのは適切ではなく、むしろ場所、どこでもない場所、もしかして救済もありうるリアルな場所である。さらに「進行と退行」に心臓の鼓動を読みとれば、それは「心」の空間である。

言葉の突堤

「そこに」という副詞一語のみからなる第二節はその場所の完全な孤立性を物語る。その場所へ言葉は「進行」＝「退行」していくのである。それは海へ突き出た突堤の形状をとる（「細く書かれた／道なき-真実の／進行と退行」がここで響き合う）。言葉のこの冒険は言葉自身を途切れさせ、分断させずにはおかない。音節（綴字）という言葉の最小単位への解体はそのまま沈黙への消滅に通じているかにみえる。しかし言葉としてもはや分割不可能な個体としての音節はその極限的凝縮力によって反発し、他の音節と再び結合しながら自律的な記号体系形成の始源に立つのである。このとき記号素材としての音節をめぐる解体と結合のアムビヴァレントな機能はハイフンによって担われる。ハイフンは言葉の音節への分解とその再結合という両面を切り結ぶ結節点なのである。そして「進行と退行」という弁証法的に統合されることのない二律背反運動もこのハイフンによって制御されるのである。このように音節は「進行と退行」、分離と結合を変換させながら「細く書かれた／道なき-真実の」「突堤」を沖の彼方へ伸ばしていく。言葉の断片は「海の／色」に染まり、「道なき」海景の中に融合するに及んで航行不能となる。

言葉の浮標

海との合一によるしばしの休止の後、第四節はやおら「すると」（Dann）で始まる。第二節の「そこに」が空間的な断絶を示していたのに対し、ここでは時間的な継起が内容、形式ともに見られる。しかし直ちにコロンによる中断。そのあと改行があり、再び「浮標の」と続いたかと思うとまた途切れ、さらに改行して「苦悩浮標の格子垣」と続く。こうした断絶と継続のリズムは「進行と退行」の時間的再現であり、波間に揺れる「浮標」のリズムに外ならない。「浮標」とは言葉のことであるから、言葉は浮沈、即ち結合と分離、生成と崩壊、表現と沈黙のあいだを行き来するのである。言葉はもはや彼方の絶対的な目標を目指して進まない。言葉の「突堤」が途絶えたその先の海上でなおも「浮標」として航海の方向性を示すかに見えながら、方向を喪失したいま、浮游が唯一の運動となる。言葉の記号は分断され、かつ新たに合成されて絶えることがない。この不安定は生の基本的な情調である「苦悩」の色合いを帯びている。そして「苦悩浮標」という合成語により、この沖合が心の空間であり、その中を心臓の鼓動そのままに言葉の「浮標」が明りを点滅させながら漂っている様子がイメージされる。ところで目標への積極的な標識たりえなくなった「苦悩浮標」は「格子垣」に繋がれることによって自らの自由が制限されると同時に、進路が遮断される。一般に蔓草《つるくさ》や果樹などを這わせた生垣である「格子垣」は植物の生長に制限を加え、通り抜けを阻止する。通行や航行の不可能性を「格子垣」に読みとることは容易である。しかし「苦悩」のメタファーである「格子垣」は他方では植物の成育を秩序ある完成に向けて支援するという側面がある。そう読めば「苦悩浮標の格子垣」は言葉という「浮標」を結合させ組織化する機能をもつことになる。このとき言葉は新しい全体的な現実モデルの創造と発見の手だてとなる。

言葉の不可能性と可能性が「格子垣」そのものに胚胎《はいたい》することが明らかとなったが、「格子垣」と訳した Spalier には二列縦隊の人垣という意味もある。このイメージは二行目の「壁と壁の間に細く書かれた」隘路と呼応することはいうまでもない。つまり通行可能性は通行不可能性と呼応するのである。通り抜けられないから通り抜けられるようになるのである。道なきが道なのである。そして道は宇宙の根源的な真理、条理であり、それの言語的表現でもあるから、言語道断そのものこそ正に言語の道（可能性）を拓くのである。

言葉の呼吸

格子は格子のまま、壁は壁のままですでに突破されている。「格子垣」はいわば自らが呼吸となることにより、呼気と吸気を息継《つぎ》を介して相互に反映させる。間断なく繰り返される躍動的な呼吸運動は言葉の発声（生）と沈黙を根源的に規定している。即ち生命現象の基本である呼気と吸気の転換はそのまま言葉の生成と消滅に対応する（ちなみにこの詩所収の詩集に次ぐ詩集は題して「呼吸の転回」という）。こうした生死去来の根本原理は視覚的には言葉の「浮標」が発する「明り」の点滅信号、聴覚的には静寂と響きが交叉する「鐘の音」となる。「明り」も「鐘の音」も言葉の誕生を告知する。ところで括弧の中の「ドゥムー、／ドゥンー、ウンー」は心臓の鼓動の響きであり、このリズムが直ちに言葉の生成へとつながっていく。音韻的なものが思考の始まりに自律した運動としてあり、それが音節を経てはじめて言葉の意味へと到りつくのである。その逆ではない。ここで死語としてのラテン語は心臓から生命的な響きを与えられることによって、「苦悩」を内容としながらも、否、むしろそれ故に甦る。

いまや言葉の根源に心臓の運動があることがはっきりした。言葉は心から発して心へと帰着するのである。「解き／放たれ、受け／戻されて」は呼気と吸気を両極として生成と崩壊を変換し合う言葉の円環運動ということができる。また前綴 aus- と ein- は「進行と退行」に対応する。ハイフンによる分綴《ぶんてつ》は言葉の解体を促進するが、しかしその解体が解放（救済）へと変位することにより、他の解体した言葉との新たな結合が生じる。そしてさらにまた反復される解体と結合。これこそ言葉の生まれる現場に外ならない。ツェラーンは今日の詩が沈黙への強い傾向を示していることを指摘したうえで、前にも引用したように詩を次のように定式化していた。

詩は己自身の縁において自己を主張します。それは存在し続けるために絶えず己を「もはやない」から「いまもなお」のなかに呼び戻し、取り戻すのです。（『子午線』）

言葉はこのようにして分割、解体から結合、創造へと循環することにより幾度も甦り、共在する「われわれの」心の空間に可能的な現実を発明するのである。

鍵言葉「と共に」

「見えるもの、聞こえるもの」は「明りの／鐘の音」という共感覚的な原初の言葉がやがて世界を分節化することにより出現する視覚と聴覚の現実である。そうした現実が可能であるために言葉を介して他方に見えないもの、聞こえないものが対話の影の相手として親しく控えていることは忘れてはならない。知覚可能なものは知覚不可能なものとの協同においてはじめて成立するのである。そしてこの可能性と不可能性の協同の要《かなめ》に位置するとき、言葉は真に解放され、自律し、「自由」となる。そして「われわれの」共有空間である「天幕」、即ち言語宇宙を開くのである。その鍵言葉は「と共に」という。

この詩全体を見渡して改めて気づくことだが、物語や主題は成立しかけてはその度ごとに次々と頓挫し、主語と述語から成る通常の文構造もラテン語文を除いて完全に切断される。詩は言葉を失い、単語までも分解し、己を無へ向けて否定しようとする。そして主語も述語もない沖合はるかな海上において言葉は海水の運動とともに揺れながら、生成と崩壊が絶えず交替する最も原初的な次元に到りつく。言葉と心のそれぞれの内部空間が重なり合うこの領域で、言葉はいわば詩の呼吸そのものとなる。いまや詩は言葉を意味内容から完全に解放し、無記の記号素材としたうえで、自《おのず》からなる構成原理にしたがって世界生成の始まりに内側から関与するのである。このとき、詩は世界モデルを完成させるところまでは追わない。あくまで始源の場に留まり、同語反復的《タウトロギー》に誕生する自律した言葉を唯一の頼りとするのである。こうして獲得された最も根源的な言葉が「と共に」である。これは詩が自己との出会いを求めた挙句に見出した究極の言葉である。ここまで到達するために詩はたしかに「水」に担われる必要があった。しかしひとたび言葉が「自由」になると同時に、「水」は自然と消滅し、空無のなかで自律した言葉「と共に」が現成する。この言葉は見えない、聞こえない空無という否定性「と共に」響き合ってはじめて現象するのであり、それの顕現なのである。それは境界をなしている。

無の栄光

1 「大光輪」

自己の放念と転回

ツェラーンはこの上なく死と無に領されている。ユダヤ人としての詩人の筆舌に尽くし難い体験を思えばそれも納得されよう。しかしそれだけに止まらない。悲惨な体験をさらにその根底へと掘り下げることで、その次元をはるかに超え、ついには何ものもないという底なしのところにまで到り着くのである。こうした無根底への下降が成就するためには非本質的なものを放棄し、ひたすら自己を空無に拮抗しうるほどに狭く限定するという不自由を忍ばなければならない。そしてそれが究極して、自己が放念されるとき、転回が生じるのである。

MANDORLA

In der Mandel–was steht in der Mandel?
Das Nichts.

Es steht das Nichts in der Mandel.
Da steht es und steht.

Im Nichts–wer steht da? Der König.
Da steht der König, der König.
Da steht er und steht.

Judenlocke, wirst nicht grau.

Und dein Aug–wohin steht dein Auge?
Dein Aug steht der Mandel entgegen.
Dein Aug, dem Nichts stehts entgegen.
Es steht zum König.
So steht es und steht.

Menschenlocke, wirst nicht grau.
Leere Mandel, königsblau.

大光輪//アーモンドのなかに――何がアーモンドのなかにある?／無が。／無がアーモンドのなかにある。／そこにそれはあるそしてある。//無のなかに――誰がそこにいる? 王が。／そこに王がいる、王が。／そこにかれはいるそしている。//ユダヤ人の巻き毛、おまえは灰色にならない。//そしておまえの目――おまえの目はどこに向けられている?／おまえの目はアーモンドに向き合っている。／おまえの目、それは無に向き合っている。／それは王に向いている。／そのようにそれはあるそしてある。//人間の巻き毛、おまえは灰色にならない。／中空のアーモンド、王の青。(『誰でもない者の薔薇』)

アーモンドの中の無

「大光輪」と訳した表題の Mandorla は最後の審判のキリスト像や聖母被昇天のマリア像をとり囲むアーモンド形の光背で、たいていは縦形である。イタリア語ではアーモンドを意味する。ところでアーモンドは果実の中に果肉、その中に核、さらにその中に仁を内蔵している。そして食用とされる硬くて苦味のあるこの仁の内部は言わば奥の院として空虚を抱懐している。中心に空無をもつアーモンドはツェラーンの世界構造を物語る。

アーモンドが世界の核心にあり、しかもその内奥が無であるという観念は例えば一三、四世紀のドイツ神秘主義者たちの神との合一《ウニオー・ミスティカ》を思わせる。特にマイスター＝エックハルト(一二六〇～一三二八)は神秘的合一をさらに徹底させることのなかで、神性が無であり、それが魂の本質に外ならないこと、そこに根源的自由が見出されることを覚知する。そしてその無を起点として覚醒した現

ショーレム

実への志向性に神との生きた一致を見出すのである。彼は説教において神の子が魂の中で誕生するという、この詩と符節を合わせたようなテーマを展開している。その異端性は伝統的な人格神に与《くみ》しえないツェラーンと深く響き合っている。また神の誕生以前の深淵に通じていた神秘家ヤーコプ＝ベーメ（一五七五～一六二四）も「神はすべてのものを無から造った、そしてこの無は彼自身である」と言っている。

ユダヤ神秘主義においても神は無なり、というパラドックスがあることをゲルショム＝ショーレム（一八九七～一九八二）は『ユダヤ神秘主義、その主潮流』（一九五七）のなかで論じている。「実際この無はカバリストのひとりが表現したように、この世の他のどんな存在にもまして無限に高次の存在を有している。魂はすべての限定を完全に己から除去し、神秘家の言葉を借りれば、『無の深淵』に降りていくとき、正にそこで魂は神に出会う。『無』は人間的な規定に収まりえないにせよ、神秘的充実の無なのである。〔中略〕無は別の言葉でいえば、最も秘められた相における神性そのものである。」

無を包んだアーモンドは迫害の犠牲になったユダヤ人の苦難の味がする。詩人は『罌粟と記憶』の掉尾《とうび》を飾る詩「アーモンドを数えよ」のなかで同胞の死者たちをアーモンドになぞらえ、それとの一体化を願う（「アーモンドを数えよ／数えよ、苦くておまえを覚醒させていたものを、／ぼくをそれに数え入れよ——//〔中略〕/ぼくを苦くせよ。／ぼくをアーモンドに数え入れよ。」）そして非運の苦味を風化させることなく、覚醒状態を維持することが要請される。またユダヤ人の目がアーモンド型を特徴とすることを考慮すれば、アーモンドは死と無を内包する目となる。それは盲《めしい》でありながら、それ故にいっそうの内的な明視能力を与えられ、大きく見開かれているのである。そしてその目は大光輪との類推から、その中に生起する神の顕現、あるいはキリストの変容を映し出す可能性を持つ。

無からの屹立

詩「大光輪」の第一節において世界の深奥に無があることが表明された。そのあり方は動詞 steht が示すように、単にあるのではなく、文字通り立っている、存続するといえるほど積極的、肯定的である。そうした無の中から「王」が出現する。この「王」は地上の現実世界の支配者ではなく、聖書にもあるように、神またはキリストの呼称である。この「王」の存在の仕方も中性的ではなく、むしろ無を克服する、あるいは無を積極的に体現しつつこの世の流れに逆らうという絶対的な意志が感じられる。無から屹立《きつりつ》する「王」は、「王様万歳」（王様の生命が存続しますように）と叫ぶリュシールならびに「脚下に空を深淵としてもち」つつ逆立ちして歩くことを願うレンツと、無を転回点として人間的なものの生に再度向かう方向性において共通性をもつ。ビューヒナーの描くこの両者についてツェラーンは講演『子午線』で言及している。フランス革命の一部を戯曲化した『ダントンの死』の最後でリュシールは突然理不尽な件《くだん》の言葉「王様万歳」を発するが、ツェラーンはそれをこう解釈する。

壇上（それは処刑台です）で語られたすべての言葉のあとで――何という言葉でしょう！　それは逆らう言葉、「あやつり糸」を切断する言葉、「歴史の街角に立つ走り使いや儀仗馬」にもはやおじぎをしない言葉です。それは自由の行為です。それは一歩の踏み出しです。〔中略〕それは「旧政体《アンシャン‐レジーム》」への信奉を告白してでもいるように聞こえます。しかし〔中略〕ここでは君主制や保守的な昨日が信じられているのではありません。

ここで信じられているのは人間的なものの現前を証明する非合理なるものの尊厳です。

皆様、これにはこれといったはっきりした名がありません。しかし私はこれが……詩であると思っています。


ツェラーンはまたシュトゥルム‐ウント‐ドラング期の詩人ラインホルト＝レンツ（一七五一～九二）の精神の崩壊を描いた短篇『レンツ』の最初の部分を引用しながら、こう述べる。


彼。本当の、ビューヒナーのレンツ、ビューヒナーの描いた人物、わたしたちが物語の最初のページで気がつくことのできた人物、「一月二〇日に山中を行った」レンツ、彼、――芸術家でも芸術の問題にかかずらっている者でもなく、ひとりの私としての彼。

もしかしてわたしたちはいま見知らぬものがあった場所、その人物がひとりの――見知らぬものとされた――私として自分を解放することのできた場所を見出すのではないでしょうか。わたしたちはそのような場所を、そのような一歩の踏み出しを見出すのではないでしょうか。「……逆立ちして歩けないことだけが、時として彼には不愉快だった。」――これが彼、レンツなのです。これが彼、そして彼の一歩の踏み出し、彼、そして彼の「王様万歳」なのです。「……逆立ちして歩けないことだけが、時として彼には不愉快だった。」逆立ちして歩く者は、皆様、逆立ちして歩く者は脚下に空を深淵としてもちます。

リュシールの「逆らう言葉」(Gegenwort) もレンツの逆立ちも無から「私」という人間的なものへと自己を解放する果敢な自由の行為の第一歩であり、無の中の「王」の立像にその元型を求めることができよう。それは無という内側から人間の可能性を実現する試みである。

「中空のアーモンド」

詩に戻ろう。アーモンドの中の無。そして無の中からの「王」。無と存在、もしくは死と生という両極を子午線が通過し続ける限り、ユダヤ人は如何なることがあろうともつねに甦る。挿入的な第三節の「ユダヤ人の巻き毛」は根源的な生命活力や霊力を示すが、第五の最終節でユダヤ人から人間一般へと拡大される。

無と「王」をめぐるアーモンドの中の出来事はそのまま、第四節においてそれを見る目に反映される。当初、目はアーモンドに対し、主客対立的であったのが、無を見るに及び、しだいに融和的となり、「王」と向き合う頃にはほとんど「王」と一体化している。そしてついにアーモンドと目

12, 13世紀のイコン
キリストの変容

とは完全に重なり合い、融合するのである。目がそれほどまでに深く世界の根源に迫り、それと合一しえたとき、もはや見るものと見られるものとの対立はなくなり、ただ純粋な stehen という、無が有になろうとするその現成の動力のみが持続する。アーモンドが目となり、目がアーモンドとなるなかで、絶対的な空間が開かれる。「中空のアーモンド」がそれである。これはツェラーンの詩そのものを表す暗号といえよう。そして「芸術には盲目な」リュシールの言葉「王様万歳」も、「芸術家でも芸術の問題にかかずらっている者でもない」レンツの逆立ちも反-芸術としての詩であり、そこには「中空のアーモンド」が書き込められているのである。

ところで右の図版は一二世紀末から一三世紀初頭にかけての頃のモザイクによるイコンであり、キリストの変容を表現している。ルーヴル美術館所蔵のこの作品をパリに二〇年以上も暮らし、美術に造詣の深い詩人が目にしたとしても不思議はない（またツェラーンはブルゴーニュの小さな教会でも大光輪のなかに位置し、ロイヤルブルーの衣を着けたキリスト像を見ている）。大光輪のキリストは座っているのが普通とされるが、ここでは立っている。キリストにはエリアとモーセ、それに使徒のペテロとヤコブの四人の視線が注がれているが、ヨハネだけが跪《ひざまず》き、目はうつろなまま地面のあたりに浮游している。このうつろな目は「中空のアーモンド」に対応していると考えられる。直接的な注視を放棄し、いわば盲目となったその目は無を孕むが故に、キリストの出現《エピファニー》を内面化し、精神的に深化させて捉えるのである。果たしてこのイコンの上部にはギリシア文字で変容《メタモルフォーゼ》と記されてあるという。キリストは大光輪の中で濃い青色を背景に白い衣をまとっている。

2　「無により底を突き抜かれ」

無への信仰告白

無の根源性に対する思念の深さはツェラーンにおいて終生変わることがなかった。一九七〇年四月の自死の後に出版された詩集『光の強迫』は一九六八年から七〇年にかけて成立した詩を収めているが、その最も巻末にある詩はいわば無への逆説的な信仰告白といえる。

WIRK NICHT VORAUS,
sende nicht aus,
steh
herein:
durchgründet vom Nichts,

先行して働きかけるな、
送り出すな、
立て
自分の中に――
無により底を突き抜かれ、

ledig allen
Gebets,
feinfügig, nach
der Vor-Schrift,
unüberholbar,

nehm ich dich auf,
statt aller
Ruhe.

あらゆる
祈りを免れて、
寸分の隙もなく、
前‐書に従い、
追い越されることもなく、

わたしはおまえを受け容れる、
あらゆる安息の
かわりに。

（『光の強迫』）

自己放下、離脱

この詩も意志の放下《ほうげ》、離脱、内的な貧《ひん》を説くエックハルトと極めて深く響き合っている。第一節は己に対する命令というかたちをとる。それはまず自我的な意志や欲望の放棄である。これが出発点となり、貧への狭い道を辿ることにより、自分自身を放下するのである。ちなみに『正法眼蔵』の「現成公案」の初めで道元（一二〇〇〜五三）はこう説く。

自己をはこびて万法《まんぽふ》を修証《しゅしょう》するを迷とす、万法すすみて自己を修証するはさとりなり。〔中略〕

仏道をならふといふは、自己をならふ也。自己をならふといふは、自己をわするるなり。自己をわするるといふは、万法に証せらるるなり。万法に証せらるるといふは、自己の身心および他己《たこ》の身心をして脱落《とつらく》せしむるなり。

このよく知られた箇所を引いたのは道元とツェラーンの字句を直接的に狭く比較するためではなく、両者に共通して認められる、自己から抜け出し、抜け切る、その離脱の徹底ぶりを広く視野に収めたいと思うからである。

ところでツェラーンは外部に向かう意志のヴェクトルを否定したあと、「立て／自分の中に――」という要請とともに、自己の内部へと沈潜することで「私」性を内側から脱却しようとする。こうして精神は一切を突破した果てについに無へと突き抜ける。そしてそこから立つのである。この垂直の姿勢は運動を否定した静止状態を示しているが、潜勢的に上下の運動を未然に含んでいる。

無の積極性

精神は己の内を掘り下げることのなかで己を超えるとき、逆に無によって突破される。「私」自身の意志を脱し、「私」ですらなくなり、全き受動性になりきることが、無をして「私」の無のなかに入り込ませるのである。すべての被造物はもちろん、神をも超えるこの無は、ひとの究極の貧のなかでかえって積極へと転じ、「私」の原因となり、その基底（Grund）を支える。無はしたがって本源的には存在の反対概念ではなく、存在の本質そのものの条件として必須なのである。

無への徹底は神との関係をも否定する。祈りは神とひととの与え・与えられの相互関係であり、それは神との合一に極まるであろうが、しかしそこからも離脱することが求められる。けだし神との関係である以上、「我」性は最後まで残るからである。「我」の意志は徹底して放棄されなければならないのである。そして神とのかかわりをさらに突きつめ、突き抜け、神をも突破して神性の無へと脱却しなければならないのである。これが即ち自己放下による自由の究極であり、無に立つことに外ならない。この時の自由自在、融通無碍《むげ》の境位は無との一体性が欠けることなく余ることなく、「寸分の隙もなく」現成されていることの証左となる。

神以前に立ち、神無しで済ますことが出来るいま、もはや神の言葉も決定的な力をもたない。ヨハネによる福音書第一章一節の「初めに言《ことば》があった。言は神と共にあった。言は神であった」においては言葉による認識が神の、ひいては世界の存在の根底に据えられているが、ツェラーンにあってはさらに言葉以前、創造以前の無名性、あるいは無が名（言葉）となる働きが重要となる。無は名づけられえないが、それ故にこそかえって名づけられうる現実へと反転することが可能となる。ツェラーンは数少ない詩論の一つともいうべきブレーメン文学賞受賞講演（一九五八）で、詩を心の岸辺にたどり着く投壜通信と規定したあとでこう言っている。

詩はこのような意味でも途上にあります。それは何かを目指しています。

それは何でしょう。何か開かれているもの、予約可能なもの、もしかして語りかけることが可能な「おまえ」、語りかけることが可能な現実です。

そうした現実が詩には大事である、と私は思います。

無はしたがって言葉を媒介に一切のものへと転じうる、汲めども尽きない可能性を無際限に蔵する絶対的な一《いっ》ということができる。「前-書」(Vor-Schrift)とは神の啓示による聖書以前の、無に徹底して根拠づけられた潜勢態としての文字であり、不可能性と可能性に張り渡された言葉である。こうした根源語に導かれることにより、精神は一切の被造性を超脱した不動の原因となるが故に、如何なるものにも「追い越されることもな」い。その純粋性は世界の内(時間)にも外(永遠)にもないのである。

現実への自由

意志を放棄し、神とすべてのものからの完全な離脱を達成して、無という最も低き場所に立ちえたとき、「私」ははじめて「私」として、神を神として、被造物を被造物として受け取ることが可能となる。最後の第三節における「私」と「おまえ」はそれぞれがそれ自身であったところのもの(無)から生じるが故に、「私」は「おまえ」を無所有の中で空じることによって、より本来的に受容するのである。この「おまえ」は神とも恋人とも母とも想定できようが、いずれにせよ無への開けにおいて直接、「追い越されることもなく」経験しうる現実と存在そのもののことである。「おまえ」はまた「私」から無の絶対的超越への脱却を再度内在的、肯定的に転換させることによって出会うことのできる当のものともいえよう

このことは「私」自身についてもいえる。即ち「私」は「私」を離脱し、無を経由するという迂回路をたどってはじめて「私」と出会いうるのである。この時「私」は逆立ちの姿勢をとる。ツェラーンは『子午線』の中でこう述べている。

> 皆様、私は二、三年前に次のようなちょっとした四行詩を書きました。
> 「いらくさの道からの声――／逆立ちしてわたしたちの方へ来い。／ランプだけといる者は／手相が読み取れる手しかもたない。」
> そして一年前、エンガディーンでの実現しなかった出会いの思い出に、私はちょっとした物語を書き、その中で「レンツのような」人間に山中を歩かせました。私はどちらの時も或る「一月二〇日」、私の「一月二〇日」に出自する私を書いたのでした。
> 私は……私自身に出会ったのです。

引用の詩は詩集『言葉の格子』所収。また物語は『山中の対話』（一九六〇）を指し、当初アドルノとの出会いが予定されていた。「一月二〇日」はレンツが山中にて逆立ちという着想を得た日付であり、詩が成立するための記念日、さらには人間存在の実存的な由来の記憶にまつわる日付で

ある。ツェラーンはこう続ける。

> つまり、詩を考えるとき、ひとは詩とともにそのような道を行くのでしょうか。こうした道は回り道、おまえからおまえへの回り道でしかないのでしょうか。しかしそれは同時に、多くの他の道のなかにあって言葉が有声となる道です。それは出会いです。感得するおまえへの声の道、被造物の道、おそらくは存在投企、己自身への己の先送り、己自身を求めての……一種の帰郷です。

こうして「私」は「私」自身を、そして「おまえ」を受容するのであるが、決して所有するのではない。所有と「安息」はいまの「私」とは最も無縁である。「私」は「我」性をも事物をも内から脱却して無へと一旦は立ちながら、しかしそのまま外へと転じて事物と至近のところでかかわる。無の絶対性にとどまることなく、それを持《じ》したまま現実の時間において「あらゆる安息の／かわりに」事物と積極的にかかわりうること。そして時間のうちにある事物に極めて近く忙しく携わりながら同時にそこから遠く離れて無の中に立っていること。こうした無（内・裏）と現実（外・表）の、メービウスの輪に見られるが如き相即相入はこの詩全体の構造を規定している。そして現実を現実のまま無重力化するレンツの逆立ちもリュシールの「王様万歳」も畢竟《ひっきょう》その構造から導き出せる現実への自由ということに帰着すると思われる。

他　者

1　誰でもない誰かとの対話

前章で取り上げた詩「大光輪」では無が世界の中核にあって、その中から「王」が立ち現れる。それは単に外部の出来事ではなく、人間の内部の、正に足下の現実に外ならない。また「先行して働きかけるな」で始まる詩も根源的な無の中に立つことを要請し、無によって下から突き抜けられることが真に現実的な行動への出発点になりうることをプログラムとして表明していた。無は否定と受動の極であるが、意志の放棄と徹底した離脱による無との一体性は、かえって無の働きとして肯定と能動の積極的な行為を具体的にこの現実の只中に生み出すようなのである。

無の人称性

単なる消極的な受容性に尽きない高次の無は非被造性ゆえに離脱そのものであり、積極性と能動性をそなえている。無の働きは人間行為が究極に達し、その限界において途絶する絶望的な瞬間、向こう側からの発動として顕れる。ツェラーンの詩は常にこの瞬間、この場所をめぐっているといえるほどである。例えば詩「アナバシス」においては海上にて航行不能のなかで進退これ谷《きわ》まったとき無が如実に作動し、根源的な事態が露《あらわ》になったといえるし、「かれらの中には土があった」で始まる詩でも掘削という行為がこれ以上進まなくなった時点で、無が現成し、それが主体性を獲得するに及んで転回が生起する。脚下照顧《しょうこ》による、いわば無の発見の歓びは、

O einer, o keiner, o niemand, o du:
Wohin gings, da's nirgendhin ging?

おおだれか、おおだれひとりでも、おおだれでもないもの、おおきみよ――/どこへも行かなかったのに、どこへ行ってたのか。

という弾んだリズムとなって躍動している。ここにはどこかに行って、いないと思っていた親しい人が実はどこにも行かないですぐ近くにいたことを発見し、嬉しい驚きを禁じえないでいるその思いを、なじりつつ親愛をこめて当の本人を相手に訴える、といった気分がある。この場合親しい人とは無のことであり、無のもつ主体性、能動性、親近性が einer, keiner, niemand, du といった人称的表現を可能にしている。そして無の絶対否定と絶対肯定は並置された四つの代名詞のうちの中央部の二つと両端の二つにそれぞれ対応しているといえよう。

否定の不定代名詞 niemand は英語の nobody, no one に相当するが、ツェラーンによって格別な使われ方をしている。先取りしていえば、無が否定性のみならず肯定性をもち、さらにはその二律背反をも超える根源性そのものであったのと同じことが niemand の場合にもいえるのである。

マンデリシュタムの「対話者について」

ツェラーンは彼の第四詩集を『誰でもない者の薔薇』（Die Niemandsrose）と題し、オシップ＝マンデリシュタム（一八九一〜一九三八）に献げている。このロシアーソ連邦の詩人はユダヤの出自をもち、スターリン批判の詩により逮捕され、収容所で死亡している。ツェラーンはこの詩人に深く傾倒し、彼を自分の創作に決定的な衝撃を与えた人物の一人に数えている。

ところで若きマンデリシュタムは一九一三年、雑誌「アポロ」に「対話者について」というエッセイを書く。ツェラーンが後年それをロシア語の原文かドイツ語訳で読んだことは確実である。このエッセイが展開する、詩は誰に向かって書かれるのかという問題は、ツェラーンの詩論形成に重要なヒントを与えている。マンデリシュタムがここで提示する投壜通信のメタファーがツェラーンのブレーメン文学賞受賞（一九五八）の挨拶の中で使われていたり、また一九六七年から一九七二年まで続き、ツェラーン自身も深く関与したフランスの文芸季刊誌「レフェメール」第四号にそのエッセイがツェラーンのすすめもあってフランス語訳で掲載されていることからも、このテキストに対する彼の思い入れの深さが推察できよう。

マンデリシュタムはそこで詩人とジャーナリストの言葉の違いに言及する。詩人の言葉は誰にも向けられていないのに対し、ジャーナリストのそれはいつも具体的な一定の人々、同時代人や同世代人、隣人に向き合い、また一般社会よりも高いところに立って教え導くというのである。しかし詩人は卑近な相手は拒むけれども、未知なる人、特定できない遠くの人、後から生まれる読者に賭ける。不可視の、しかしながら存在する対話者を必要とするのである。対話者としては誰もいないけれども誰かいる、という否定と肯定の間《あわい》に揺れる詩の、浮游する中間者的あり方をマンデリシュタムは投壜通信のイメージで描き出す。

ひとは誰にも友人がいる。何故詩人は自分にとにかくいちばん親しい人間である友人を相手として書いてはならないのか。——船員は生きるか死ぬかの時に、自分の名と自分の運命を書いたものを壜に入れて封印し、海中に投げ込む。長い年月がたった後に砂丘を歩いているとき、私はそれを砂の中に見つける。私は手紙を読み、今になって行方不明者の遺志と事件の日時を知る。私にはそうする権利があったのだ。私は他人宛の手紙は開封したことがない。壜の中にあった手紙はその発見者宛だったのである。私は壜を発見した、ということは私が謎の隠れた受取人というわけである。

マンデリシュタム

「僕の才能など取るに足りない、それに僕は有名でもない、／でも僕は生きている——／僕の存在を貴重に思ってくれる／誰かがこの世にいてくれるから。／僕よりははるか未来のひとが僕の詩のなかにそれを／再び見つけ出す、すると僕の魂は――／誰がそれを知りえよう――そのひとの魂と結ばれる。／僕は友人は僕の世代に見つけたが、／読者は未来に見出すだろう。」

バラチンスキーのこの詩を読むと、私はそうした投壜通信を手に入れたような気持になる。途方もない原始の力のすべてをそなえた海のはたらきにより、それは私の手に届いたのである。――海がこうして力を貸すことは予定された運命であり、神の摂理がここにはたらいたという感じが発見者の心をとらえる。船員は壜を海中に投げ、バラチンスキーは彼の詩を手放す。両方の出来事にとって表現の動機は二つとも完全に同じで共通する。その手紙は詩と全く同じく、特定の人に向けて出されたものではない。それにもかかわらず両者は受取人をもつ。手紙にとってそれは偶然砂の中に壜を発見する人であり、詩にとっては「未来の読者」である。引用したバラチンスキーの詩句を読んで、例えば思いがけず名を呼ばれたときのように嬉しさと不気味さがまじり合った戦慄が背すじを走らないひとがいたら知りたいものだ。

niemand と対話する詩

マンデリシュタムはロシア詩人バラチンスキー（一八〇〇～四四）の詩を引用しながら、詩を対話として規定したが、それは目の前にいる相手との対話ではなく、不在で未知の、しかしたしかに存在する相手を想定している。ここにはすでにツェラーンの鍵言葉ともいうべき niemand のツェラーン的用法の萌芽が見られる。即ち詩の相手の niemand は誰もいないという通常の否定の意味の外に、誰か（jemand）がいるという肯定の意味をもつのである。詩は直接的には誰をも相手にしないことで己の存在を他者から切断し、無によって基礎づけられることのなかから反転の力を得、誰か可能的な相手とつながる。これは海難という瀕死の絶望的状況の中で、その絶望そのものが投壜通信という表現を獲得することによって、わずかながらも希望へと転回する可能性が開けることに対応する。このとき希望は遭難者個人の意志を超えて、ひとえに海という人知の及ばぬ力に託されるのである。

危機的状況下で詩が如何に深く無という非在の絶対的他者に浸透されているかによって、未来に向けて詩の声がどこまで届きうるか、また語りかけるべき「未来の読者」をどれほど呼び寄せうるかが決定される。ここに詩に特有な対話の次元が開かれる。ツェラーンはマンデリシュタムにならって、詩は特定の人を相手にしないが、本質的に対話的であるという。

詩は、言葉の一つの現象形態であり、したがってその本質からして対話的である故に、いつかどこかの陸地に、もしかして心の陸地に打ちあげられるかもしれないという、かならずしも希望にみちているとはいえない信念のもとに託された投壜通信といったものなのかもしれません。詩はこうした点でも途上にあります。詩は何かを目指しているのです。(『ブレーメン文学賞受賞講演』)

他者との絶望的な対話

しかしやがてツェラーンはマンデリシュタムを超えて対話としての詩の考え方をさらに徹底的に深化させる。

詩は他者へと向かおうとします、詩はこの他者を必要とします、詩は対話者を必要とします。詩はそれを捜し出し、己をそれに語りかけます。

いかなる事物、いかなる人間も、他者を目指す詩にとってはこの他者の姿です。〔中略〕

詩は――なんという条件のもとでしょう――いまだなお知覚する者の、見えてくるものに向き合う者の、この見えてくるものに問いかけ語りかける者の詩となります。詩は対話となります、それはしばしば絶望的な対話です。

この対話の空間のなかではじめて語りかけられるものが成立し、語りかけ、名づける私のまわりに集まります。しかし語りかけられたもの、名づけによっていわばおまえとなったものはこの現前のなかに己の他者としてのあり方をも持ちこみます。詩のここといまにおいてなお――詩そのものは常にこの一度限りの、その時その時の現前しかもちません――このような直接性と近さにおいてなお詩は他者に最も固有なるものをともに語らせます、つまりはその時間を。

こうして事物とともに語るとき、私たちは常にそれが何処から来て何処へ行くかも問うているのです。それは「未解決にとどまる」、「果てしない」問い、開けと無と自由の世界を指し示す問いです。——私たちははるか遠くの外に出てしまいました。
詩はこうした場所をも求めているのだと思います。（『子午線』）

詩が向かう他者（das Andere）とは勿論、あらかじめその存在が前提されるような現実ではなく、無に浸透された現実、詩の語りかけによってはじめてつくり出される可能的な現実のことである。詩の背後にはいわば大文字の無が控えていて、詩が目の前の現実とかかわるとき、当の現実はその無の働きにより変容をこうむる、あるいは無の現実が現成する（ここに詩を介して大文字の無と小文字の無が連繫しているという構図が描けよう）。また他者を詩の語るべき相手と考えれば、他者とはツェラーンのいう niemand となる。つまり詩の受取り手は誰もいない。しかし不在の人がいる、というのがツェラーン的発想である。niemand は語源的には nie-mand 即ち Nie（無）-Mann（人）となる。詩は対話者として無の人を成立させなければならない。この逆説が「絶望的な対話」ということの意味である。

詩において語りかけられた他者はいわば大文字の無の影という存在であり、空虚を盛る器として無に対して己を開き、そのことによって己の固有性を顕現させる。このとき他者は限りなく親しい存在（「おまえ」Du）として「ここといま」において無を実現している。

2　「全き他者」との対話

「全《まった》き他者」「誰でもない者」　ところでツェラーンにおいて、この他者は無そのものへの近接という詩自身の宿命的な動きのなかで、単に対話の相手（その中にはナチズムやスターリニズムの犠牲となった死者たちも含まれていよう）を指すだけに止まらなくなる。むしろもう一つ別の他者がいよいよ迫ってくる。それは大文字の他者とも大文字の無ともいえるものである。詩はいまや小文字の他者ともいうべき相手との対話を脱却して、さらに根源的な他者を相手にするようになる。「全き他者」（das ganz Andere）、「誰でもない者」（Niemand）がそれである。対話はもはや二者間の安定した対称的関係とはなりえない。相手が完全に無底の無である以上、対話ははなはだバランスを欠いた、しかも己の存立にかかわる非対称的コミュニケーションとならざるをえない。対話を翻訳という関係に転位させれば、ここで新たに出来《しゅったい》した対話は原典のない翻訳ということになる。しかしバランスを失したかのように見えるこの関係も「開けと無と自由の世界」からすればこの上なく安定しているのであり、詩（言葉）は無を天地いっぱいに表現して間然《かんぜん》する所がない。

他者についてさらにツェラーンの話を聴こう。

> しかし詩は語ります。詩は自分の日付を忘れません、しかし――詩は語ります。たしかに詩は常に自分の固有な、最も切実なことのためにのみ語ります。

しかし思うに——それにこの考えは皆様をいまではほとんど驚かすことはありませんが——思うに、まさにこのように無関係な——いや、この言葉を私はもはや使うことはできません——まさにこのように他者のために語ることは昔から詩の希望のためには欠かすことのできないものとなっています——もしかして全き他者のために、なのかもしれませんが、それは誰にもわかりません。私がいま口にしたこの「誰にもわかりません」は私が今日ここで私の側から、昔からの詩の希望に付け加えることのできる唯一のものです。

もしかして、こう私はいま自分に言わざるをえませんが——もしかしてこの「全き他者」（das ganz Andere）と——私はここでなじみの付加語を使っています——それほど遠くにはないどころか、全く近くにある「他者」（das andere）との符合すらも考えうるのではないでしょうか。——何度もくり返し考えうるのではないでしょうか。（『子午線』）

他者と自己の同時的誕生

詩は己の個別性、具体性、日付性、固有性から離れることはない。詩自身の内的本質への掘り下げ、己事究明は自己否定を深めながらかえって根源の自己を生じさせるといった事態を含んでいる。このとき根源的自己の誕生はもはや我が事の中に閉じてはいない。それは常に他者の誕生と同時的である。そして詩が語るということは「他者のために」語るということ。しかし詩も他者もさらに無の中へと徹底するとき、両者の二項対立的関係は没却され、他者は「全き他者」、大文字の他者、即ち他者性そのものとなる。これはすべてのものから離脱し尽くしていること。したがってそれを根源的無あるいは無底の無と呼ぶこともできよう。一方においてて自己を抜けきった詩は、抜けきった先の大文字の無からの反転する力に担われて、自らにおいていわば無の現前を語るのである。ここにおいて詩は他者に語らせ、他者は詩に語らせる。詩における対話の究極である。

ツェラーンはこの「全き他者」に最終的な拠所《よりどころ》を求めていたように思われる。しかしそれが従来の意味での信仰とは呼べないことはいうまでもない。「全き他者」とは文字通り「全き」他者であるから、それに依ることすらできず、したがって信仰者と対峙関係にある神すらも超脱する、空、無、空虚である。だからといって何もないというのではない。その証拠にツェラーンの言葉には明らかに無の力としか思えない、ある見えない働きが如実としてあり、無が主体となって言葉を宰領しているからである。無のこの仕事は人間の意志や計らいが途絶したその先の事柄であるが故に、「誰にもわかりません」としかいいようがない。だがこの「誰にもわかりません」(wer weiß) は **niemand** の場合と同じく、「誰」(wer) という人が知っている、とツェラーン風に読むことができよう。否定から肯定へ、絶望から希望へのこうした転換に詩は己を賭ける。「(全き) 他者のために語ることは昔から詩の希望」であるといわれる所以である。下世話にいう「情《なさけ》は人の為ならず」は詩にとっても真理なのである。

ただし、いうまでもなくツェラーンの詩には「情」は全くない。また肯定や希望への転換といっても、それは悲痛や受難や絶望が消えて、それに替る好ましい事実が与えられることでもなく、また通常は歌にしえないような非人間的極限状況の苛酷さを辛うじて歌にしうることでもない。生きるに困難な現実から受けた傷を受苦し抜くことにより、人間そのもの、歌（言葉）そのものが傷を負い、やがて傷そのものに変質し、そしてラディカルに転換するのである。詩人はそれを「傷ついたままに癒されて」（wundgeheilt）という。傷そのものが癒されなのである。

大文字の他者と小文字の他者

もはや従来の人間中心主義的な枠組のなかでは如何ともしがたい、ほとんど暴力的な事態が生起する。例えば次の詩。

FADENSONNEN

über der grauschwarzen Ödnis.
Ein baum-
hoher Gedanke
greift sich den Lichtton: es sind
noch Lieder zu singen jenseits
der Menschen.

糸の太陽たちが

灰黒色の荒地のうえに。
一本の樹の—
高さの思考が
光の音をつかむ——
人間たちの向こうに
まだ歌わなければならない歌がある。

（『呼吸の転回』）

人間的なものの限界を超えて、この樹木は高く伸び立つ、そして狂気の光を収奪する（あるいはその光に収奪される）。生きることの不可能な領域におけるこの上下（往還）の運動に、もし許されるならば生きること（歌うこと）の可能性がひょっとしてあるのかもしれない。それは誰にもわからない（wer weiß）。

ところで樹木の上方は「全き他者」の領域。そしてそこからか細い太陽の光線が地上の一本の樹木に降りそそぐ。このとき樹木はすでに現実から拉致《らち》され、生《なま》な現実としては不可能な、全くの別物に変容してしまっている。それは現実喪失のなかで失われていないものとして唯一残った言葉によって獲得された言語的現実であり、詩にとっては他者、小文字の他者である。あるいは極限的なあり方として樹木を詩と同定することもできる。いずれにせよ立つ樹木において「全き他者」と他者とが出会う。樹木は「全き他者」の光に養われることにより、生の不可能性を生きるのである。

先程引用した『子午線』の中で「全き他者と〔中略〕他者との符合すらも考えうる」というとき、ツェラーンは二つの他者を区別して、一方には大文字を、他方には小文字を使っていることに改めて注目しよう。大文字の他者は小文字の他者において己を語り、またその逆の関係も成り立つ。この両者は両極をなしていわば子午線を形成し、常に相即相入の関係にある。したがって大文字の他者、大文字の無だけが直接問題になることはなく、必ずそれの顕れとして小文字の他者、小文字の無が現成するのである。ツェラーンの場合、むしろ究極の他者に没入し切るのではなく、たとえその瞬間があったとしても、その次には究極の手前で、それを背負いながら小文字の他者へと全力を集中する。そしてこの力は人間の限界を超えたところに由来することはいうまでもない（それは投壜通信が岸辺にたどり着くにあたり、己の運命を完全に一任したあの海水の力、無の力に相当する）。

ベンの独白

ツェラーンが講演『子午線』の中で展開した、詩は他者との対話であるという詩論は明らかにドイツのニヒリズムの詩人ゴットフリート＝ベン（一八八六～一九五六）を意識している。ベンはニーチェの「神の死」によって示される価値の全面的崩壊から出発した。彼にとって生きるべき世界も、感受すべき現実もなく、あるのはただ意識と虚無だけのニヒリズムである。もはや外に向かっても内に向かっても廃墟からの脱出口を見出せなくなったベンは自我の根源へと深く下降する。自我を解体させ、陶酔的に自我の深層へと脱出をはかるなかで見出されるのが言葉であり、それによる己の存在の不安克服である。ツェラーンと同様、ベンにおいても一切が崩壊したあとで、言葉だけが唯一の失われないものとして残るのである。言葉はもはや歴史や社会の外部的現実を指示する働きから放免され、純粋に芸術の創造行為へと転位される。ひたすら己の根源的な深層に向けて発せられる独白の言葉を、今度は逆に聴き入ることによってそれを表現へともたらす。ここに根源への下降とともに上昇への契機が生じる。それはベンにとってはニヒリズムからの救済のために独白そのものを完璧なフォルムのなかで芸術作品として構成的に定着させることに外ならない。ベンは対話への可能性をみずから閉ざし、純粋な独白芸術としての「絶対詩」に向かう。晩年にマールブルク大学でおこなった講演『抒情詩の諸問題』（一九五一）のなかでベンは現代詩の特徴や詩作について自説を述べているが、そこには例えば次のような箇所がある。

ベン

すなわち絶対詩は信仰のない詩、希望をもたない詩、誰に向けても書かれない詩、魅惑的に構成される言葉からできた詩です。

〔中略〕

絶対詩は時代の変わり目など必要としません。絶対詩は現代物理学の公式がずっと前からそうであるように時代とは何の関係もなく作動することができます。

〔中略〕

誰もが現代詩を書きたがっていますが、その独白的性格は疑いようがありません。独白的芸術であり、それはすべての談話のうえをおおい、言語はいったい形而上学的な意味で対話的性格をまだもっているのだろうかという疑いを抱かせる、正に存在論的空虚さとは一線を画するものです。〔中略〕対話や議論はすべて安楽椅子のつぶやきであり、私的な興奮状態のたわいもない空説であって、深いところでは休むことなく他者なるものが働いているのです。私たちはそれによって構成されていますが、見ることはできません。人間はまるごと自己との出会いから活力を得ていますが、しかし誰が自己自身に出会うでしょうか。ごく僅かな人で、しかもその時は独りです。

ベンは否定的な現実認識においてツェラーンと多くの共通性をもっている。そして詩は「誰に向けても書かれない」という。これもツェラーンと同じである。しかしベンは対話に絶望したあと、詩の原理として独白への道を追求する。独白的芸術としての絶対詩を確立しようとするのである。そして現実から離反し、自律的な美の内的現実を目指す。ところがツェラーンは誰もいない、誰にも向かわないという否定性を徹底化することにより、ついに否定性そのものによる否定の否定という転換の契機を発見する。大文字の無、大文字の他者が否定性と同時に有する肯定性に促され、ツェラーンは対話の相手を出現させるために現実へと再度積極的に向かうのである。ベンもたしかに自我の深層において大文字の「他者なるものが働いている」ことを認識し、それを詩の根拠にしているが、ツェラーンのように対話が可能な現実を求めて、それに詩の可能性を賭けることはない。独白そのものを静力学的に完璧なフォルムのうちに定着する詩は現実への反措定《そてい》としてみずからの内に閉じた体系であり、詩は独白であるとするロマン派や自己完結的な美の空間をつくりあげるサンボリスムを正統的に継承するものをもっているといえよう。

無の人との対話——
ツェラーンの詩

このようなベンの絶対詩に対してツェラーンは「絶対詩——いや、そうしたものはたしかに存在しません、そうしたものは存在しえません」（『子午線』）と言う。ツェラーンは一定の構築された空間の中に囲繞《いにょう》されるにはあまりにも無に対し身を開き、それに射貫かれているが故に、かえって絶対詩の独房を根源の内側からたくまずして解体しうるのであり、またさなきだに壁という境界を自在に通過しうるのである。またベンは「絶対詩は時代とは何の関係もなく作動することができます」と言っているが、ツェラーンは「詩は時間を超越したものではありません。たしかに詩は永遠性を要求します。しかし詩は時間をくぐり抜けようとします――時間をくぐり抜けるのであって、時間を超えるのではないのです」（ブレーメン文学賞受賞講演）という。ツェラーンはベンの独白の芸術、超越的な表現の世界を否定的な契機として克服し、他者との対話へと逆立ちし、逆行する。無の結晶である言葉は自らのメタファーとして己の内に閉じつつ、現実に向かって開かれる。超越への上昇も、内在への下降もツェラーンにとっては同じ一連の運動なのである。子午線における超越的内在性と内在的超越性の相互転換のなかで言葉の現実は生成と衰滅を繰り返す。

　ツェラーンにおいては詩はかように他者と積極的にかかわろうとする。このとき詩は、例えばハンス＝ベンダー（一九一九〜　、長年にわたり雑誌「アクツェンテ」の編集にたずさわった）に宛てた手紙の中では、外と内、他者と自己との間にあって両者を結ぶ手という中間者のイメージにより、「手仕事」、「握手」として把握される。「手仕事――それは手に関する事柄です。そしてこの手はまたしてもたったひとりの人間のもの、つまり、自分の声と自分の唖《おうし》をかかえて道を求める一回限りのはかない、魂をもつ存在のものなのです。真実の手だけが真実の詩を書きます。私は握手と詩との間に原理的には何の区別も認めません」（一九六〇年五月一八日付）。しかしすでに明らかなように、「握手」としての詩を安易なヒューマニズムの対話と解してはならないことはいうまでもない。確たる現実も頼むべき相手ももはやないなかで、言葉は途切れ、沈黙を余儀なくされる正にそのとき、沈黙が言葉にならない声の結晶として顕在化し、それがいまだ存在しない現実の可能性を開示する。これと同じようにツェラーンの詩は語りかける相手をあらかじめ持たない。そしてその無所有を究極まで深化させることにより、かえって無の対話者を可能性として出現させるのである。即ち詩は無の人（niemand）と対話し、「握手」することになる。

否定性の実現

1　Niemand の出現

『山中の対話』の言語論　ツェラーンは『山中の対話』（一九五九）という散文テキストのなかで、いとこ同士である二人の饒舌《じょうぜつ》なユダヤ人を登場させ、発話行為をめぐって言語論を展開している。言語には二つの用法があり、その一つは対話を可能にする話しかけ（reden）であり、もう一つは対話を切断する中性的な語り（sprechen）である。ツェラーンは対話を希求するものの、それが真実の対話となるために、一旦は通常の対話を否定する。したがって後者の用法に力点が置かれることは当然である。山中とは正に沈黙を通して言語の非人称的な側面が露《あらわ》になる場所といえよう。

> そこに二人は立ちつくす、いとこ同士の彼らは山中の道のうえで立ちつくす、杖は沈黙し、石も沈黙している、だがこの沈黙は沈黙ではなく、言葉も文も黙り込んでいるのではない、これは単に休止であり、言葉の隙間、空所である、それをあらゆる音節《シラブル》が取り巻いているのが見える。

〔中略〕

「君も知ってのとおり、この山の上で大地が褶曲《しゅうきょく》した、一度、二度、三度と褶曲した、そして中央が口を開けると、そこに水がたたえられた、水は緑色で、その緑は白く、その白はさらにはるかな上の方の氷河に由来する、これがここで使われる言葉、白を含む緑、君のためでも僕のためでもない言葉といえようが、しかしそう言いきってしまってはならない――なぜなら、僕はたずねるが、大地はいったい誰のためを思って造られたのだろうか、君のためでも、僕のためでもないといおう――それは僕も君もない言葉、ただ彼だけの、それだけの言葉、わかるだろう、ただ彼らだけの言葉、それ以外の何ものでもない言葉だ。」

〔中略〕

「いとこよ、石は誰に話しかけるかというのだ。石は話しかけない、石は語る、そして語るものは、いとこよ、誰にも話しかけない、それは語る、誰も石のいうことを聞いてくれないから、誰もいない（niemand）が、誰でもない者がいる（Niemand）から、そしてそれから石は言う、その口でもその舌でもない石が言う、石だけが、聞こえるかい、君、と。」

〔中略〕

「石は言う、石は言う……聞こえるかい、君、と言う……すると『聞こえるかい、君』（Hörstdu）は何も言わない、返答をしない、なぜなら『聞こえるかい、君』は氷河とともにいる者、三度も人間のためでなく褶曲した者……あの緑と白の者であるから……」

山中の石が語る沈黙の言葉は高山の氷河がもつ太初の始源性を備え、下界の人間に向けられてはいない。それは誰にも話しかけない。しかしツェラーンの場合、すでに述べたように「誰もいない」(niemand) は「無の人がいる」(Niemand) へと転換する。石は高山の空無に対し虚しく語りかける、「聞こえるかい、君」(Hörst du) と。もちろん応答はない。しかしこの呼びかけの言葉は、誰でもない者が小文字の niemand から大文字の Niemand に転回すると同時に、外ならぬこの Niemand の名 (Hörstdu) となる。この名は問いでありつつ、答えの無さを無の答えとして自らの中に取り込んでいる。即ち問いがそのまま無あるいは Niemand の答えとなっているのである。名は無という体を表している。そしてその名において Niemand との問答、つまり対話が絶対的に成就しているというべきである。

カフカの『山中への遠足』　ツェラーンの二人のユダヤ人は山へ入ることによって Niemand の露な出現に立ち会う機会を得たが、カフカにおいても、山中での Niemand との同道が希求される。ツェラーンは第二次大戦後、ブカレストに滞在中、カフカの短篇四つをルーマニア語に翻訳しているが、そのうちの一篇に『山中への遠足』がある。短いので全文を引用する。

「私には分からない」と私は声を出さずに叫んだ、「私には本当に分からない。誰も来なければ、それは誰も来ないということにほかならない。私は誰にも悪いことをしたことはないし、誰も私に悪いことをしたことはない、しかし誰も私を助けようとはしない。全く誰も。だがそうではない。ただ誰も私を助けてくれないというだけのことであって――、それを除けば誰でもない人（Niemand）だけというのは素晴しい。私は誰でもない人だけと連れ立って遠足に行きたいものだ――そう願ってはならないわけはない。もちろん山の中へ、ほかにどこへ行けばいいのだ。これら誰でもない人たちがひしめき合っている様子といったら。縦横に伸ばし合い組み合った多くの腕、踵を接するほどの多くの足。当然ながら、皆が燕尾服を着ている。私たちはこんな調子で行く。風は私たちや手足の隙間を吹き抜ける。山の中では喉のつかえがとれる。私たちが歌わないのは奇蹟だ。」

カフカ

カフカのこのテキストのなかには否定表現がおびただしく出てくる。例えば niemand は七回、Niemand は三回、nicht は五回、そして ohne は一回、といった具合である。否定を何度も繰り返すことによって否定の集中度、テンションがしだいに高まり、ついに否定そのものが即自的に変容して、ほとんど肯定といえるようなものが生じる。しかしそれは否定と肯定という相対を超えたその先の絶対的な否定性であり、大文字の Niemand というべきものである。事実このテキストの初めの部分で niemand が矢継早に反復され、「私」の孤独、他者との断絶が徹底的に露呈されたあと、中頃の箇所で niemand は Niemand へと転回する（以後 niemandは出てこない）。相手を持たない孤独は、己を深化するなかで逆に己の根源の無底の底から絶対的な相手を見出すのである。それが Niemand であり、「私」が真に連帯すべき、頼もしい味方ということになる。この歓喜は「私」をして「誰でもない人たち」とともに遊山へとかりたてる。山はレンツの場合も、二人のユダヤ人の場合もそうであったように、無と自由と超絶的なものが濃密に支配する圏域である。

ところでこの山中には歌がない。最後は「私たちが歌わないのは奇蹟だ」と結ばれる。そもそも niemand から Niemand への道は歌の否定の過程であった。そして否定の究極において転回が現成するとき、実に歌わないことにおいて絶対的な歌が現出しているといえるのである。先程の文は「私たちが歌わないのは不思議だ」、「私たちが歌わないとすれば、それこそ不思議（奇蹟）だ」とも読めるが、歌がないという正にそこのところが、歌が生まれる可能性のあるところなのである。さらに「私たちが歌わないのは素晴しいこと（驚異）だ」と読むことも許されよう。

また「誰でもない人たち」が互いにさし出し合う多くの腕はツェラーンに引き寄せれば、他者との対話のための「握手」と読めないこともない。そしてスクラムのように組み合った腕はさながら格子であり、詩（言葉）の格子は歌を閉じこめる、即ち歌えなくすると同時に歌を再び可能にする。風は格子の目をなす「手足の隙間を吹き抜け」、呼気と吸気は喉を自由に通過する。風の往き来（呼吸の転回）が歌を不可能にし、かつ可能にするのである。空隙あるいは無が存在や歌を成り立たせるという逆説がここでも確認できる。

ツェラーンの「あなた」と「わたし」　ツェラーンはマンデリシュタムやベンやカフカのテキストをヒントとしながら Niemand についての思念を深めていったと思われる。ツェラーンは対話的なあり方を詩の基本に据えるが、あらかじめ対話の相手は与えられているのではない。相手の無さ（niemand）は絶対的な無へと深められ、絶対的な他者（Niemand, das ganz Andere）となる。それと同時並行的に詩的自我は己を無にしながら絶対的な無に帰一するとき、そこから独立する個として新しく甦るとともに、相手を無から生み出さずにはおかない仕方で相手と向かい合う。両者は直接的には結びつかないまま、絶対の否定性を通して結びつくのである。このとき相手は niemand でありつつ、Niemand をいわば背後に負うかたちで jemand として顕現する。

Es gab sich Dir in die Hand:
ein Du, todlos,
an dem alles Ich zu sich kam.

それは「あなた」の手に委ねられた——
死のないひとりの「あなた」
によってすべての「わたし」は自分自身となった。
（『誰でもない者の薔薇』）

「苦痛という音綴《シラブル》」と題する詩の冒頭。「わたし」は自己を無にすることを通じて自己から自由になるが、このとき絶対的他者たる「あなた」を主とすることによって「わたし」は無が自己となったものとして甦る。これが「自分自身となった」ということである。「あなた」と「わたし」の関

ブーバー

係は相互的であるから「あなた」も無を通過することにより、全くの他者 Niemand の具現（受肉）する場として「わたし」の相手になりうる。こうして「あなた」は「あなた」から出、即ち Niemand となり、無を経て Niemand に転換してから再度「あなた」に Niemand として帰るのである。Niemand は「あなた」の超越性であるが、「あなた」の二重化により、Niemand は「あなた」の内在性としても現れうる。

ブーバーの「我と汝」

マルティン＝ブーバーは人間を個人にも、また社会にも還元することなく、人間と人間とが相互主体的に共に存在するという事態において捉えた。「我と汝」の関係性が人間に外ならないというのである。そして人間の共在的なあり方を「間《あいだ》」(das Zwischen) という術語によって表現している。「間」とは人間が人間として根源的に存在するための相互性が開かれる場であり、「我とそれ」との区別において「我と汝」の対話を成り立たせる現場である。ブーバーは人間をその「間」性に着目して「間人」(der Zwischenmensch) という。しかし「我と汝」の間主観性は「我」の優位性によって「汝」が「それ」へと変質する危険性に常にさらされている。ところが決して「それ」となることのない「永遠の汝」が「汝」の後背として控えていることによって、「我と汝」は真に成立する根拠を与えられることになる。そしてここには何か人間を超えたもの、宗教性といったものがあり、ブーバーは「汝」に神の顕現を見るのである。

ところでツェラーンは一九五八年のブレーメン文学賞受賞講演の中で自分の故郷で生まれたハシディズムの物語をドイツ語で紹介した人としてのブーバーに言及しているが、一九六〇年九月には個人的に出会い、著者のサイン入りの『我と汝』を贈られている。しかしその後二人の関係は破綻する。戦後のドイツに対するブーバーの宥和的立場と、ドイツとユダヤ人とを仲介しようとする彼の試みはユダヤ人であることに最後まで固執するツェラーンには裏切りに近いものだったのである。

2　「人の、間の、人間の歌」

断片化した言葉と人間

ブーバーとツェラーンは人間存在を対話的関係性と見る点で思想図式においてはよく似ている。しかしツェラーンにはこのユダヤ人哲学者の

「我と汝」、「永遠の汝」といった術語に見られる人間存在や超越者への肯定的姿勢はない。「汝」はniemand、「永遠の汝」は Niemand と否定的にしかいえないのがツェラーン的状況である。そもそも詩人にとっては人間がいない。先のハンス＝ベンダー宛の手紙の末尾でこう書いている。「私たちは暗い空の下で生きています。それに――人間といってもほんのわずかしかいません。そのために詩もこんなにもわずかしかないのでしょう。私がまだ抱いている希望は大きなものではありません。私は私に残されたものを維持しようと思っています」。ツェラーンの場合、人間がいたとしてもそれは切り刻まれ断片化している。詩の言葉自体もそれに応じて破砕され奇形化しガラクタ化

している。詩は果たして人間を再び歌い（救い）うるであろうか。

…RAUSCHT DER BRUNNEN
Ihr gebet-, ihr lästerungs-, ihr
gebetscharfen Messer
meines
Schweigens.
Ihr meine mit mir ver-
krüppelnden Worte, ihr
meine geraden.
Und du:
du, du, du
mein täglich wahr- und wahrer-
geschundenes Später
……ざわめく泉
きみたち祈りの-、きみたち瀆神《とくしん》の-、きみたち
祈りの鋭利な
わたしの
沈黙のナイフ。
きみたち、わたしとともに奇-
形になりゆく言葉たち、きみたち
わたしの真直な言葉たち。
そしてきみ——
きみ、きみ、きみは
日ごとに真実に-、いよいよ真実に-
皮を剥がれる薔薇の

der Rosen–:

Wieviel, o wieviel
Welt. Wieviel
Wege.

Krücke du, Schwinge. Wir – –

Wir werden das Kinderlied singen, das,
hörst du, das
mit den Men, mit den Schen, mit den
Menschen, ja das
mit dem Gestrüpp und mit
dem Augenpaar, das dort bereitlag als
Träne-und-
Träne.

遅咲き——

いかに多くの、おおいかに多くの
世界。いかに多くの
道。

撞木杖のきみ、翼のきみ。わたしたちは——

わたしたちは童歌を歌おう、あの、
きみは聞こえるか、あの
人の、間の、人間の歌、そうだ、あの
藪の歌、そして
涙–と–
涙としてあそこで用意されていた
両の目の歌を。

(『誰でもない者の薔薇』)

ナイフから花咲く

第一、二節からナイフと言葉との対応関係が明らかとなる。ところでツェラーンはベンダーから『わたしの詩はわたしのナイフ』と題するアンソロジーへの寄稿を求められ、それを断ったことがあった。このことと本詩の成立が無縁でないことは言葉とナイフのイメージの相同性から十分推定できよう。

言葉というナイフは沈黙のなかから世界を分節するが、その時その犀利《さいり》な刃先が切り開く言葉世界は、言葉そのものがそうであるが如く、祈りと瀆神、不具と健常の相反する両極の間に張り渡される。祈りの深まりは瀆神へと転回し、瀆神の徹底はそのまま祈りの実現となる。不具がどこまでも不具であろうとするその果てにおいて、不具そのものが十全なるものの実現となり、我知らず具足が現成しているのである。

世界の根源の両義性は例えば第三節の遅咲きの薔薇において一層徹底したかたちとなる。それはしかしもはや日常の現実に見る通常の薔薇ではない。言葉鋭いナイフによって完膚《かんぷ》無きまでに皮を剝がされ、裏返しにされるその受難が日を追っていやましに末期の薔薇に加えられるのである。ところがこの時すでに裏返された仕方で真なるものが現れている。四度にわたる du の呼びかけは、その加虐的、暴力的な響きによって薔薇を凄惨な凋落《ちょうらく》へと強いる。しかしこの死へと衰滅する薔薇の時間に対して真実実現の時間が未来から逆流し、その合流したところで薔薇は現前している。そしてナイフの切先から咲くこの薔薇は苛烈な現代の言葉そのもの、人間そのものの根源的、極限的な相貌といえよう。また後期のある詩はさらに一層むごたらしく、処刑の斧から花咲く。

ICH HÖRE, DIE AXT HAT GEBLÜHT,
ich höre, der Ort ist nicht nennbar,
〔……〕
ich höre, sie nennen das Leben
die einzige Zuflucht.

わたしは聞く、斧が花咲いたと、
わたしは聞く、その場所は名づけがたいと、
〔中略〕
わたしは聞く、かれらが生を
唯一の避難所と呼ぶのを。

（『雪のパート』）

不具、切断、途絶といった苛酷な否定性の窮まりの只中から、薔薇の「遅咲き」さながらに、世界が絶後蘇生し、分節と展開を開始しうることは並々ならぬことといわねばならない。可能性はあるのである。それは壊滅した生の悲惨から逃れるのではなく、その「生を唯一の避難所」とするという逆説に徹するところから開かれるように思われる。したがって不具（「撞木杖」）はそのままで完全な自由自在（「翼」）に転じうる。

再生の歌

人間と言葉のかつてのまともな形態が破壊され尽くし、瓦礫《がれき》と化しても、それにもかかわらず、なお正にその場所で生と詩の可能性が底無しの無から花咲きうるのである。「わたしたち」は両断された「人間の歌」をなつかしくも心深くに染み入るプリミティヴな童謡として歌おうとする。この時クレメンス＝ブレンターノ（一七七八〜一八四二）の耳に届いたあの根

ブレンターノ

源的な泉水のせせらぎが再び甦ってくる。表題の「……ざわめく泉」や最終節の「きみは聞こえるか」はこの後期ロマン派詩人の作品の各所に響いている。例えば歌唱劇《ジングシュピール》『愉快な楽士』では盲目のピアストは少女ファビオーラに導かれて登場し、次のように歌う。

　　ピアスト
いま町の広場に来ていますが、何て静かなんでしょう、涼やかな泉のざわめきが聞こえますか。

　　ファビオーラ
聞いてごらん、フルートがまたなげいています、そして涼やかな泉がざわめいています。

また題のない別の詩ではこうなっている。

きみは聞こえるか泉のざわめきが／きみは聞こえるかこおろぎの鳴き声が。／静かに、静かに、
耳をすましてごらん、／夢のなかで死ぬ者は幸いです。

もちろん現代においてブレンターノの泉の水音がそのままポジティヴに聞こえるわけではない。

断片化した人間。藪の中に捨てられた目。こうした人間散逸の悲痛は、しかしブレンターノのように静かに耳を澄せば、悲痛そのものの中にすでに人間の再生と修復の可能性を聞こえない歌として含んでいることが聞きとれよう。つまり悲しみの涙の一粒は他の一粒とつながることによって、涙の流れを形成し、やがてそれが尽きぬ涙の泉となって鳴り響くことが期待されるのである。

裏返しの讃歌

1　リルケとツェラーンの文学空間

人間不在、人間解体は神不在、神解体と連動しているが、次に取り上げる「頌歌」と題する詩は niemand がその否定性に徹するとき、ついに Niemand へと転換する事態を世界の開けとしてたたえる。

「頌歌」

PSALM

Niemand knetet uns wieder aus Erde und Lehm,
niemand bespricht unsern Staub.
Niemand.

Gelobt seist du, Niemand.
Dir zulieb wollen

wir blühn.
Dir
entgegen.

Ein Nichts
waren wir, sind wir, werden
wir bleiben, blühend:
die Nichts-, die
Niemandsrose.

Mit
dem Griffel seelenhell,
dem Staubfaden himmelswüst,
der Krone rot
vom Purpurwort, das wir sangen
über, o über
dem Dorn.

頌歌∥誰もわたしたちを再び土と粘土から捏《こ》ねあげない、／誰もわたしたちの塵に言葉の息を吹きこまない。／誰も。∥讃えられてあれ、誰でもない者よ。／あなたのためにわたしたちは／花咲こう。／あなたに／向かって。∥ひとつの無／であったわたしたち、いまも、これからも／無のままで、花咲きながら――／無の―／誰でもない者の薔薇。∥それは／魂の明るい花柱と、／空の荒涼とした花糸をもち、／花冠は赤い、／わたしたちが茨のうえで／おお、そのうえで歌った／真紅の言葉のゆえに。（『誰でもない者の薔薇』）

リルケの墓碑銘

この詩のなかに出てくる語で、詩集の題名ともなった「誰でもない者の薔薇」からライナー＝マリア＝リルケ（一八七五〜一九二六）の墓碑銘の詩を想起することはごく自然ななりゆきである。

ROSE, oh reiner Widerspruch, Lust,
Niemandes Schlaf zu sein unter soviel
Lidern.

薔薇よ、おお純粋な矛盾、／幾重にも重なる瞼の下で誰でもない者の眠りである／よろこび。

薔薇のこの現前は通常われわれがその美しさを愛でる花とは異なる。あらかじめ薔薇が既成の所与としてあるのではない。言葉にならないものが如実に実現しているのであり、言葉以前のもの、言葉を超えたものが言《こと》（事）となる、その出来事、その驚嘆が生起しているのである。「矛盾」とは言葉を絶するものがみずからに抗して言葉として現成することの不可思議といえよう。薔薇の花弁はその下に内蔵している死、沈黙、眠りの「純粋な」表現であるが、その形状は閉じた瞼のイメージを誘発し、さらに瞼を意味するドイツ語 Lider は音韻的に歌 Lieder と響き合う。また「矛盾」（Widerspruch）の中に言葉（-spruch）が仕組まれていると考えれば、リルケの薔薇は言葉以前のところから言葉が再度誕生して歌となる、その始源的、創造的な出来事に外ならない。

ところで幾重にも重なる白い花弁の下には恐ろしい虚無が口を開けているが、リルケはそれを「誰でもない者の眠り」と呼ぶ。そして死後の自分を「誰でもない者」に仮託することのなかには、生死去来のオルフォイスさながらに詩の化身として甦りたいと願うリルケの我性が読みとれよう。したがって同じ Niemand でもツェラーンのそれには人間主義的なものを完全に払拭しきった掛値なしの厳しさがあるのに対し、リルケの場合は非人称的に開かれているとは一応いえるものの、まだ個人的な思いの中に閉じているところがある。

リルケ

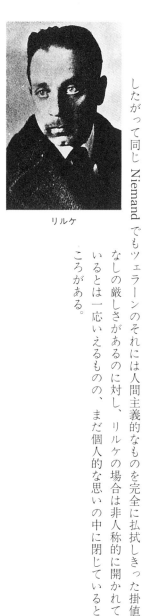

リルケの「世界内部空間」

リルケは薔薇の内部に開かれ、かつまた同時に薔薇をその内部に開花させる空間を「世界内部空間」と呼ぶ。内部であり、外部でもあるこの空間の開けはリルケにとって詩の究極的な場所である。有名な無題の、「ほとんどすべての物から感受への合図がある」で始まる詩の一詩節ではこう歌われる。

Durch alle Wesen reicht der *eine* Raum:
Weltinnenraum. Die Vögel fliegen still
durch uns hindurch. O, der ich wachsen will,
ich seh hinaus, und *in* mir wächst der Baum.

すべての物をつらぬいてひとつの空間がひろがる――／世界内部空間。鳥たちは静かに／私たちをつらぬいて飛ぶ。おお、生長しようとする私が／外を見ると私のなかに樹が育つ。

通常、鳥が飛び、樹が成長するのは「私」の外部である。それがこの詩では内部の現象となる。むしろ内部と外部は分別されず、内部でもなく外部でもない唯一の現実が自在に内外を貫通している。こうした内外の二項対立の解消はそのままその対立の原因である「私」が「世界内部空間」に開かれ、「私」が無化されることに外ならない。そして鳥と樹はその無となったところから再び蘇生するかたちで、最も根源的に現象するのである。あるいは元来そうであった根源現象が本来あるがままに開示されただけのことといえよう。

ところで鳥の飛翔と樹の成長は果たして内部でも外部でもない絶対的な無を場所として展開する原初的な無記の現実といいきれるであろうか。リルケは内部と外部を超え出たその先の空間を垣間見てはいるものの、まだ完全には内と外の隔壁が破られた世界に入りきっていない。むしろ内と外、それも内部へのこだわりが強く、根源の空間に「世界内部空間」という名辞を与えること自体、すでに世界を内面化の方向で救済しようとする意図を露顕させている。

「双の手に」

ツェラーンにおいてもリルケの「世界内部空間」と極めて相似した空間が開かれている。次の詩にはリルケの先程の詩を意識した痕跡が明らかに認められる。

ZU BEIDEN HÄNDEN, da
wo die Sterne mir wuchsen, fern
allen Himmeln, nah
allen Himmeln:
Wie
wacht es sich da! Wie

双の手に、
星たちは成長して私のものとなった、
あらゆる天
から遠く、あらゆる天
に近く——
何という目覚めの場！ 何という

tut sich die Welt uns auf, mitten
durch uns!

Du bist,
wo dein Aug ist, du bist
oben, bist
unten, ich
finde hinaus.

O diese wandernde leere
gastliche Mitte. Getrennt,
fall ich dir zu, fällst
du mir zu, einander
entfallen, sehn wir
hindurch:

Das

世界の開け、私たちの
真ん中をつらぬいて！

君はいる、
君の目のあるところに、君はいる
上に、いる
下に、私は
外への出口を見つける。

おお、この定めない空虚の
手厚いもてなしの中心。別離ゆえに、
私は君のもの、君は
私のものとなる、たがいに
失われて、私たちは
透視する——

己

Selbe
hat uns
verloren, das
Selbe
hat uns
vergessen, das
Selbe
hat uns —

なるものが
私たちを
失った、己
なるものが
私たちを
忘れた、己
なるものが
私たちを持つ——

（『誰でもない者の薔薇』）

ツェラーンのこの「目覚めの場」、「世界の開け」においては超越的な「星たち」でさえ、即今の手許の現実として生きた如実の働きとなっている。超越と内在は相互に転換し合う。この詩は詩集の中でその直前に置かれた次に扱う詩を踏まえている。

2　非連続の連続

四散した神

DEIN
HINÜBERSEIN heute Nacht.

君は
昨夜は彼方にいた。

Mit Worten holt ich dich wieder, da bist du,

alles ist wahr und ein Warten
auf Wahres.

言葉によって私は君を取り戻した、
ここにいる君、
すべてが真実そして
真実を待つこと。

Es klettert die Bohne vor
unserm Fenster: denk
wer neben uns aufwächst und
ihr zusieht.

豆の蔓がはい登る
私たちの窓辺――思い見よ
誰が私たちと並んで生長し
豆の蔓を見守っているか。

Gott, das lasen wir, ist
ein Teil und ein zweiter, zerstreuter:
im Tod
all der Gemähten
wächst er sich zu.

神は、私たちの読み拾いによれば、
一つの部分、第二の散逸した部分だ――
刈り取られたすべてのものの
死のなかで
神は生長して自分と一つになる。

Dorthin

そこへ

führt uns der Blick,
mit dieser
Hälfte
haben wir Umgang.

私たちを導くまなざし
この
半分と
私たちはかかわる。

（『誰でもない者の薔薇』）

ここにも植物の生長形象が見られる。窓の前をよじ登る豆の蔓の生長は何らかの支柱を必要とする。つまり豆の蔓という存在は何かあるものの片割れであり、その伸長はこの名状しがたいものの生長と同時並行的である。この豆に常に同伴している不可視なものは神と呼ばれるが、しかしそれはもはや過不足のない自足した完全性ではなく、分裂と解体を経て断片化し、ディアスポラとなって四散する。ところが超越性の死、生命の破壊のなかで切り刻まれた神は種となり精子となって撒き散らされるのであり、ここに世界の再生、再構築の可能性が芽生える。しかし再生、再構築といってもそれを単純な復活というふうに楽天的に考えてはならないだろう。いずれにせよそれはホロコーストによる焼尽の果てに残った灰から向こう側の出来事なのである。

神の分裂と統合

彼岸と此岸にわたる神の自己分裂は例えば「雌雄異株だ永遠なる者よ、あなたには住み／つくことはできない」（『誰でもない者の薔薇』）とも表現される。

「雌雄異株」(zweihäusig) とは文字通りには二つの家に分裂した状態をいうが、住めないという不可能性（途絶）が住めるという可能性を開くのである（un-／bewohnbar）。「それゆえ／私たちは建てるそして建てる」。「建てる」(bauen) に「栽培する」を読み合わせれば、瓦解した超越性が一旦死んで内在性のなかに拡散した後、再び内在性の破片として建設的、生産的に生き始めるところに希望（もしそうしたものがあるとして）を託そうとする姿勢が一層明らかになる。このとき神は分裂の傷口が癒合《ゆごう》し、自己同一性が辛うじて回復されるのを体験する（「刈り取られたすべてのものの／死のなかで／神は生長して自分と一つになる。」）。「傷ついたままに癒されて」(wundgeheilt) いるのである。

「私たち」は超越性を去り、内在性へと決断するが、それというのもその片割れ性（「この／半分」）のなかに新たな全一性の甦りを発見するからにほかならない。ツェラーンはネリー＝ザックス（一八九一～一九七〇）との対話のなかでそれを従来の神を表す「汝」(Du) と区別して「もうひとつの汝」(Aber-Du) と呼ぶ。神は地上に引き摺《ず》り降ろされ、破壊された現実の悲惨のなかでこそ顕現する。それは例えば、「葡萄酒と忘失のとき」で始まる詩のなかの、

ich ritt durch den Schnee, hörst du,
ich ritt Gott in die Ferne - die Nähe, er sang,
es war

unser letzter Ritt über
die Menschen-Hürden.

私は雪の中を騎行した、聞こえるか君、／私は神に騎乗して遠くへ——近くへ行った、神は歌った、／それは／人間という牧柵《ハードル》を／越える私たち最後の騎行だった。（『誰でもない者の薔薇』）

のように人間主義を越えた圏域での出来事である。このように神自身の二律背反は此岸の縁辺において統合されうる。そしてその統合（癒し）は切断面、傷口、途絶の場所で生起する。例えば言語表記の補助符号としてのハイフン、作詩上のアンジャンブマン（詩句の跨り）がその場所であり、そこでは分裂と同時に結合がおこなわれている。非連続のなかに連続が実現しているのである。

「空虚」の「中心」の優位性

ここで前に（本書一九一頁）取り上げた「双の手に」で始まる詩に戻る。「私たちの／真ん中をつらぬいて」開ける空間において、あらゆる出来事は原初的、第一次的な最現実であり、通常のいわゆる現実の規矩《きく》を超える。したがってそれは超越でも内在でもなく、同時に両者でもある（「あらゆる天／から遠く、あらゆる天／に近く——」、「君はいる／上に、いる／下に」）。またその根源的な場は単なる内でも外でもない絶対的な無の空間であり、内部にこだわるリルケの「世界内部空間」をさらに内へと超え出て、ついに裏も表もない外部そのものと化している（「私は／外への出口を見つける」）。「世界外部空間」ともいうべきこの現実は「空虚」を「中心」とする周縁であるが、その外部性は無へと一旦は沈み込むことで外部から自由になった後、再び外部へと自由になることにより初めて獲得された現実といえよう（これは恐らく「敷居から敷居へ」ということの意味であり、また『子午線』の、例えば前にも引用した次の箇所に対応しているといえる。即ち「詩は己自身の縁において自己を主張します。それは存在し続けるために絶えず己を『もはやない』から『いまもなお』のなかに呼び戻し、取り戻すのです」。「私は終わりにいます――私は再び始めにいます」。「私は……私自身に出会ったのです。つまり、詩を考えるとき、ひとは詩とともにそのような道を行くのでしょうか。こうした道は回り道、おまえからおまえへの回り道でしかないのでしょうか。しかしそれは同時に、多くの他の道のなかにあって言葉が有声となる道です。それは出会いです、感得するおまえへの声の道、被造物の道、おそらくは存在投企、己自身への己の先送り、己自身を求めての……一種の帰郷です」）。

そして「手厚いもてなしの」空無に中心を貫かれた現実を生きる「君」と「私」は、それぞれが無に貫かれて再び甦るところで無私的に実存するのであり、ここに両者の一度は失われた絆が根源的に回復される端緒が生まれる。「君」と「私」との間には底無しの無の深淵が介在し、両者を無限に隔てるが、「君」と「私」はその中へ我性を没却させることにより「君」でも「私」でもないものとして再びその深みから絶対的に立ち上がるとき、かえって新たな「君」と「私」として真に相対し得るのである。両者を分断する無はいまや結合させる無となる。「中心」（Mitte）は「中間」でもあるが、「空虚」の「中間」が「君」と「私」の究極的な存在根拠となる。「君」と「私」に対する「中間」の絶対的な優位性は無の「中心」のそれと同根であり、最終節では「己／なるもの」（Das／Selbe）と呼ばれる。それは「君」と「私」を他己と自己と言う場合の「己」に相当し、両者の同一性の共在領域である。この空虚の核心ともいうべき「己」が「私たち」の存在を無へと消滅させつつ、同時にそこから甦らせるのである。「私たち」の個々の存在を成立させ、その仲を取り持つ働きは無底の無から生じる。主体性はあくまで「己／なるもの」たる無にあるのであり、それが「私たち」を忘失することにより、はじめて「私たち」を「持つ」ことが可能となる。現在完了形が使われている最後のところでは過去分詞によって表現された忘失さえもがやがては忘失され、残る完了の助動詞 hat は自主独立して動詞になっているといえる。語法上の転換が「私たち」の実存上の転換に対応しているのである。

niemand から Niemand へ

無の中へ忘失されたのち再び無から生き返る「私たち」はあの「頌歌」において花咲く「私たち」に外ならない。そして実存の転回を主宰する「己／なるもの」は大文字の「誰でもない者」（Niemand）といえよう。ここで先の詩「頌歌」（本書一八六頁）に立ち返る。「頌歌」（Psalm）とは本来、旧約聖書で神に対する讃美を歌った「詩篇」を意味する。そして冒頭の「土と粘土から捏ねあげ」、「塵に息を吹きこ」む動作は明らかに「創世記」第二章第七節の神による人間創造を踏まえている。ところが神を賞揚する響きは全く聞こえてこない。ニーチェの神の死をもち出すまでもなく、神の無力と不在はアウシュヴィッツで人間が灰塵と化したとき、否定しようもなく露わとなった。もはや「土と粘土」から人間を再創造し、死者を塵から甦らせる者は誰もいない。神の絶対性の空洞化は否定の不定代名詞 niemand によって表される。niemand で始まる第一節の各行はしだいに短くなり、ついに三行目では niemand 一語に窮まる。これは人間が無へと還元される過程の表現であるが、その間の niemand の繰り返しは niemand それ自体に質的変化をひき起こす。つまり当初は単なる否定の無でしかなかったものが、ニヒリズムに徹底することのなかから、存在のあらゆる可能性を含む限りなく充実した至高存在の無として甦るのである。即ち Niemand の誕生である。三行目は niemand と Niemand の両義性を孕むが、流れとしては後者に向かっている。

第二節に入ると Niemand という否定性はは っきりと独立した人格性をもって現れる。niemand が Niemand へと自己転回したあとで改めて第一節を見直してみると、最初は人間再生の不可能性の嘆きと聞こえたものが、裏返ったかたちでの讃歌と読みうることに気付く。人間は土、粘土、塵へと解体し、無に還りついた正にそこで無からの立ち返りが生じ、塵は塵を超脱し、石の開花さながらに、花咲くのである。しかもその花は「私たち」の存在をあらしめた Niemand に対する報恩感謝として Niemand に向かって咲く。それは息を吹きかけ、言葉を与えてくれた Niemand への返答、つまり垂直的次元での対話という性格をもつ。しかしその対話は百尺竿頭《かんとう》よりさらに一歩を進めるが如き、身命を賭しての出来事といわなければならない。ジャック＝デリダ（一九三〇～　）は彼のツェラーン論といえる『シボレート』（邦訳、岩波書店刊）のなかで次のように書く。「誰で《ペル》もない《ソンヌ》人に語りかけること、それは厳密には誰にも言葉をかけないということではない。誰でもない人に語りかけること、それも、その度ごとに、一回限り、祝福すべき誰《ペルソンヌ》も、祝福するための誰もいないかも知れないという惧れのなかでそうすること――それこそが祝福の、信仰表明（＝祈り）の唯一の可能性ではなかろうか。仮にそのこと自体を確信している祝福などというものがあったとしたら、それは何であるだろうか。それは独断、思い込み、要するにドグマと言うべきである」（小林康夫、守中高明訳）。

「誰でもない者の薔薇」

第三節では花咲く「私たち」がさらに詳しく扱われる。人間存在は過去、現在、未来にわたって本質的に「ひとつの無」であると規定される。しかし死と無常のなかでこそはじめて歴史を超えて持続する無が無-常の花を咲かすことができるのである。ここでも無は消極から絶対的な積極へと転回しており、これが咲くということである。人間は無であるが故に事物の閉塞性から脱しうる一方、無であるが故に事物性へと自由に超え出ることが可能となる。人間のこうした逆説に咲く花こそが「無の-／誰でもない者の薔薇」（die Nichts-, die／Niemandsrose）に外ならない。

最終節では「誰でもない者の薔薇」は花柱、花糸、花冠、刺といった事物性にまで降りたところで、具体的、彫塑《ちょうそ》的に描かれる一方、動詞の欠落、名詞に後続する合成形容詞によって超時間、超感覚へと開かれる。直観と抽象、感覚と超感覚、生命と精神の結合は花の性象徴による男女のエロス的結合（花柱は雌しべの一部で柱頭と子房の間の花粉の通路、花糸は雄しべの葯《やく》を支える柄の部分をいう）と相俟《ま》って、無ないし Niemand の此岸における顕現を示している。しかし花粉（Staub）が果たして受胎へと結実するかは保証の限りではない。それは第一節の「わたしたちの塵」と同じく荒涼たる空のもと、世界中に散逸するユダヤの民、その焼尽の果ての灰、さらにはあてどなく撒き散らされた精子であろう。しかしそれにもかかわらず花は受難をのりこえて（「茨のうえで」）咲こうとする、荆冠《けいかん》のキリストのように流血に赤く染まりながら。血の色は至高存在たる王の色（Purpur）でもある。嘆きの歌は赤い薔薇の花冠において頌歌へと変容する。

ところでカバラ主義者にとって花冠は世界における神の内在、聖なる臨在を意味するシェキーナー（Schechinah）である。神性の「最高の冠」と呼ばれ、神秘的な無である第一位のセフィラー（Sefirah。神の流出過程の一〇段階の一つ。複数形はセフィロート）に端を発する神的エネルギーの流出は最後に地上の第一〇位のセフィラーたるシェキーナーまで下ってくる。ショーレムによれば、この花冠はこの世の象徴、イスラエルの統合、上位のエルサレムであり、表現、代表、出現を意味する。そしてシェキーナーの考えにはそれの象徴である薔薇の受胎に関する明確な性象徴が重要な役割を演じているという。

おわりに

ツェラーンというひとつの大きな謎がある。この謎を解明するためにいろいろな角度から切り込んでいった結果が、本書のこれまでの叙述となった。しかしツェラーン解読に便利な思想があらかじめ備わっているわけではない。また思想とは本来、人間存在や世界を説明する道具として外部的に出来上がっているものでもなかろう。それは一人の人間が現に生きて存在していることの、のっぴきならないすがた・かたちであり、容易にわれわれの既成の現実に翻訳することの許されないものである。このことは即ちツェラーンをかけがえのない独自性と切実さにおいて読むしかない、ということである。

ツェラーンの言葉自体、すでにもうひとつ別のところから語りだされているが故に、それを当方の言葉にパラフレーズしようとしても埒《らち》が明かない。悲惨であれ、壊滅的であれ、現実がまずあって、それを再現し、われわれに追体験させてくれるようには、詩人は言葉を用いていないのである（そうした現実は詩人にとってもはやない）。存在のすべてを賭して来たるべき可能的な現実に向けて発せられる影の言葉は、文字通りまるごと受け取られねばならない。ツェラーンに固有の言葉――例えば石、星、水、涙、雪、影、夜、盲目、光、灰、神など――もある程度メタファーとして

ツェラーンの記念碑
ツェルノヴィッツ（チェルノフツィ）の本通にある。金子章氏撮影

修辞学の範囲内で読めるものの、詩の究極の表現においてはメタファーの機能自体も挫折し、その破れ目から己自身のメタファーとして、思わぬ真実が露顕する。したがってツェラーンを論じることは言葉を「逆らう言葉」として通常の意味方向とは逆に読みながら、いわばメタフレーズする困難さを引き受けることになる。しかもその言葉は永遠性を求めはするが、「時間をくぐり抜けるのであって、時間を超えるのではない」のである。

ツェラーンという謎を解くといっても特にこれといったマスターキーがあるわけではない。筆者にとって出来ることは、謎に対してはみずからも謎となって、謎をなぞることであった。勿論ツェラーンに関する内外の研究から多くの教えを乞うたことは言うまでもない。今後もそうした地道な作業は第一に必要である。しかしその前提の上にたって重要なことは、読みという場における詩人と読み手との掛け値なしの出会いである。読み手が詩人を読むのが普通の文法であるが、真実の出会いにおいてはさらに詩人が読み手を読むという事態が加わる。こうした読み・読まれの相互関係のなかから自ずと露わになってきた道筋のようなもの、これが今回の論述のつながりとなった。したがってこの線はツェラーンの輪郭であると同時に、不遜を承知であえて言えば、筆者の自画像のそれでもあると言えるかもしれない。

通常、死はすべての終わりであるが、ツェラーン像を描く場合、この終わりから始めたいとの思いがしきりであった。事実、詩人としての活動は、死がその原動力であり、言葉も死から贈与されたものといってよい。死は筆者にとってツェラーンという謎と同化するための重要な突破口となった。

死をめぐる想念は内的な時間意識とつながる。初期のツェラーンは忘却と想起をテーマにして、時間の深みへ降りていく。そして同時に、詩の成立の場を「己自身の縁」に見出すのである。労働収容所でシャベルによる土掘りを体験したツェラーンは、「掘る」ということに極めて重要な意味を見出していた。これは人間存在と詩の言葉そのものの掘削へと深められ、ついに虚無に逢着するが、この時生起する途絶と表裏一体の転回はツェラーンを決定づける最も本質的な出来事といってもいいと思う。この事件があってはじめて詩の可能性の発明も、現実に傷つき現実を求める積極的な踏み出しも生じてくるのである。ツェラーンの「すごさ」を筆者は転回という精神の運動に見ている。

ところで「水」は下降をはじめとする根源追求の運動が究極地点に到達したときに機能する。目的的な運動が頓挫すると、そこに転回という現象が発生するが、それを支えるのが「水」なのである。浮沈を同時に司るその根源性はやがてツェラーンが最期に帰っていくべきエレメントとなる。

詩集『誰でもない者の薔薇』（一九六三）が発表された中期の頃には、特に転回、回転、そして円環といった図形《フィグール》が顕著に見られるようになる。ビューヒナー賞受賞講演（一九六〇）にも「子午線」というタイトルが付けられる。詩人はある境界を踏み越え、転回し、再度そこを逆向きに越えながら、その限界を生き直すのである（もちろん境界は踏み越えの結果として生じるのであり、あらかじめ意識されて在るのではない。二分法に対する無分別の優位性）。ツェラーンは後続の詩集（一九六七）を「呼吸の転回」と名づけている。

筆者は詩人ツェラーンの思想の核心を転回とそれにまつわる様々な事象の中に、見出そうとしている。したがって中期までの作品の取り扱いに比較的多くのスペースを配することになった。

転回に関しては無の思想も極めて重要である。ユダヤ神秘主義やエックハルトのキリスト教神秘主義と共鳴しながら、死はさらに絶対的な無へと徹底される。そして無自体が転回点となることによって、現実への積極的な志向性が生じる。したがって詩も、もはやない現実からなおも存続しうる現実への途上で、現実獲得の努力を重ねるのである。無が人格性を持つとき、それは niemand となる。無と同様、niemand も自身のなかに否定性と肯定性を同居させ、詩の対話の可能的な相手ともなれば、詩を背後から支える Niemand ともなる。

ツェラーンは転回という決定的な出来事以降、歌うことの可能性を発明するが、もちろんそれは素朴な手放しの歌ではありえず、否定性に裏打ちされた、いわば裏返った讃歌となった。しかし転回当初のリズミカルな歌の高揚は『呼吸の転回』以降、しだいに消え、詩は短くなり、言葉も凝縮の度を増していく。救済や自由の幸福感情は衰退し、無力と挫折、自嘲やパロディー、そしてグロテスクと狂気が言葉を責め苛む。詩におけるこうした事態は、特に一九六三年以降の詩人の精神の破綻と軌を一にしている。しかしこれらすべては自分の現実を獲得するために意識的な努力を続けるツェラーンには、十分詩の主題となりうるものであった。やがて狂気の光は詩人を極度の覚醒へと追い込み、言葉を発狂させる。ツェラーンはこの光のあまりの強迫に対してバランスを回復しようとするかのように、かねてより親しいあの「水」へと身を寄せていく。光でも闇でもない薄明の間《あわい》を浮游することに再び回帰しようとしただけかもしれない。セーヌへの入水を死と生の境のない根源性への帰郷、喜悦に満ちた跳躍と考えたいと思う。

あとがき

　パウル＝ツェラーンとの決して楽とはいえない長い格闘を経て、いまここに不十分ながらも一応の結果を提出できることは、やはり有難いことと言わなければならない。本稿はすでに二年ほど前に書き上げていたが、当時まとまった伝記的研究としてはイスラエル＝シャルフェン『パウル＝ツェラーン　その青少年時代の伝記』、ゲルハルト＝バウマン『パウル＝ツェラーンの思い出』、エディット＝ジルバーマン『パウル＝ツェラーンとの出会い』があった。しかしいずれも詩人の生涯全体を扱うものではなかった。ところが今年になってジョン＝フェルスティナー『パウル＝ツェラーン　詩人、生き残り、ユダヤ人』という包括的な伝記研究が英語版で出たものの、本書には残念ながらその成果を盛り込むことは出来なかった。

　またツェラーン研究文献に昨年刊行された金子章氏の『パウル・ツェラーン詩集　雪の部位　注釈』（三省堂、一九九四）を加えることは是非とも必要である。密度の高い注解の中に教えられる事が多く、今後の研究に資するべき知見が随所に認められる。

　なお脱稿後の原稿の一部は若干手を加えて、大学の紀要論文として発表されている。第II部第二章「回帰する時間」と第三章「深淵への下降」は「時の深みに——ツェラーンの時間構造——」

（静岡大学人文学部人文論集　第四四号の二　一九九四・一）として、第四章「『水』との出会い」は「ツェラーンにおける『水』について」（同論集　第四五号の一　一九九四・七）として。

今回の仕事は数年前に星野慎一先生より頂いた御推輓《すいばん》がきっかけとなった。極めて難解とされるツェラーンをまとまったかたちで論じることは当初かなり無謀な冒険とも思われたが、敢えて自らを難局に晒《さら》すことにより、貴重なものを与えられたように思う。これも偏《ひとえ》に先生の御高配の賜物であり、感謝申し上げます。

いまこのささやかな一書を物して、なお道半ばの感を一層深くしている。いずれの日にか再びさらに広く深く把握したツェラーン像を提示できることを願っている。また小著がきっかけとなって読者の皆様がツェラーン・ブームを超えて自分の読みを透徹されることを、そしてそこから生きる力を汲み取られることを期待したい。

おわりに、本書刊行に御尽力下さった清水書院の清水幸雄氏、ならびに徳永隆氏にお礼を申し上げます。

一九九五年夏

日本平北麓

森　　治

ツェラーン年譜

西暦	年齢	年譜	参考事項
一九二〇		11・23、ブコヴィナの地方都市ツェルノヴィッツ（現ウクライナ）に、ドイツ語を母国語とするユダヤ人の両親の一人息子として生まれる。本名パウル＝アンチェル。	国際連盟成立。 ヒトラー、ナチス綱領発表。 カップ一揆。
二一	1		7月、ヒトラー、党首就任。 11月、ナチス突撃隊結成。
二二	2		2月、九か国条約調印。 11月、ムッソリーニ、独裁権を獲得。 12月、ソヴィエト社会主義共和国連邦成立。
二三	3		11月、ヒトラーによるミュンヘン一揆。 ブーバー、『我と汝』
二五	5	ドイツ語で教育するマイスラー幼稚園に入る。	12月、ロカルノ条約調印。
二六	6	秋、ドイツ語で授業するマイスラー国民学校に入学。	9月、ドイツ、国際連盟に加盟。 リルケ、死去。

一九二七	7	ヘブライ語で教育するサファ＝イゥリヤ国民学校に転校。三三年（13歳）までヘブライ語の家庭教師につく。	ハイデッガー、『存在と時間』
二九	9		10月、世界恐慌おこる。
三〇	10	秋、国立の正教男子ギムナジウムに優秀な成績で入学。ルーマニアにファッショ的政党鉄衛団の結成。カロル二世即位。	9月、総選挙でナチス党第二党に大躍進。
三一	11		9月、満州事変おこる。
三二	12		7月、ナチス党、第一党に。
三三	13	バール＝ミツヴァ（ユダヤ教徒の堅信式）を受ける。 年末、ヒトラーによるドイツでのユダヤ人迫害の報に接する。	1月、ヒトラー、首相就任。 2月、国会放火事件。 3月、ナチスの一党独裁制の確立。 10月、ドイツ、国際連盟脱退。 ハイデッガー、フライブルク大学総長に就任（〜三四）。
三四	14	反ユダヤ主義を避けるため、上級課程第一学年より、ルーマニア国立第四ギムナジウムに転校。	2月、ウィーンでゼネストと武装蜂起。 8月、ヒトラー、総統兼首相となる。
三五	15	春、マサリク通一〇番地に転居。反ファシズム＝サークルの	9月、ニュルンベルク法

		集会に参加。少女会員だけの読書会を組織（〜三八）、リルケを朗読する。詩を書き始める。	可決。
一九三六	16		日本、二・二六事件。3月、ドイツ、ロカルノ条約破棄、ラインラント進駐。7月、スペイン内乱。
三七	17	ホーフマンスタールの『チャンドス卿の手紙』、カフカの『村医者』を読む。	7月、日中戦争勃発（〜四五）。11月、日独伊三国防共協定成立。
三八	18	6月、国立第四ギムナジウム卒業。11・9、フランスのトゥールにある医学予備学校に学ぶため出発。9〜10日にかけての夜（水晶の夜）が明けてベルリンに到着。そのままパリへ。12月、医学生として学業開始。ギムナジウム時代はシェークスピア、ゲーテ、ヘルダーリーン、リルケ、カフカ、クロポトキン、ニーチェを、フランス遊学中はジュリアン＝グリーン、シャルル＝ペギー、モンテーニュ、パスカルを読む。	3月、ドイツ、オーストリア併合。11・7、ユダヤ人グリンツパン、パリのドイツ書記官フォン＝ラートを襲う。11・9、フォン＝ラート死去。ポグロムの開始。ルーマニアでは国王独裁制とともにファッショ化が進む。
三九	19	7月、ツェルノヴィッツへ帰郷。国際情勢の変化のためフランスでの勉学は不可能となる。	3月、ドイツ軍、チェコ占領。8月、独ソ不可侵条

		11月、ツェルノヴィッツ大学に転学。ロマンス語学・文学を専攻。ソシュールの『一般言語学講義』を読む。	約締結。9・1、ドイツ軍、ポーランドに侵攻、第二次大戦勃発（〜四五）。ポーランドでポグロム。
一九四〇	20	6・20、赤軍、ツェルノヴィッツを占領。ツェルノヴィッツを含む北ブコヴィナはソ連が取得。 9月、ロマンス語学・文学の勉学継続。女優ルート＝ラックナーを知る。恋愛詩を多作。 カロル二世退位、ミハイ即位。親独派のアントネスク、国家指導者となる。	5月、アウシュヴィッツ強制収容所の建設開始。 6月、ドイツ軍、パリ占領。 8月、トロツキー暗殺。 9月、日独伊三国同盟成立。 11月、ルーマニア、同盟に加入。
四一	21	7・5、ルーマニア軍、続いてドイツ軍のツェルノヴィッツ侵攻、奪還。シナゴーグ炎上、ユダヤ人の大量殺戮。ユダヤ人、黄色いダビデの星の着用を義務づけられる。 10・11、この地方で初めてのゲットーが追放目的の集合場所として創設される。ツェラーン家も収容。トランスニストリアの絶滅収容所への移送開始。パウルも強制労働（プルート橋再建工事）に狩り出される。	6・22、独ソ戦開始（〜四五）。ルーマニアも参戦。 10月、ドイツ軍、オデッサ占領。10〜12月、モスクワ攻防戦。 12月、太平洋戦争勃発（〜四五）。
四二	22	6〜7月、両親は南ブーク川の絶滅収容所に移送される。パウルは難を逃れるが、後にモルドヴァ州ブザウ近郊のタバレスティ村にある労働収容所に送られ、道路工事に従事	1・20、ヴァンゼー会議、ユダヤ人問題の「最終的解決」決定。5月、ドイ

		（約一年間）。秋、父の死（チフスまたは銃殺）。冬、母の死（頸部射殺）。	ツ軍の東部戦線大攻勢。8月、スターリングラード攻防戦。
一九四三	23	労働収容所からソ連軍側に脱出、看護兵となる。12月、ソ連軍とともにルーマニアに戻り、しばらく救護員となる。ソ連軍の進攻のもと、反ユダヤ主義的暴行が少なくなる。	2月、スターリングラード攻防戦でドイツ軍壊滅。9月、イタリア降伏。
四四	24	2月、労働収容所の解体。ツェルノヴィッツへ帰還。ローゼ＝アウスレンダー、アルフレート＝キットナー、イマヌエル＝ヴァイスグラスと交友。3月末、ソ連占領軍、ブコヴィナに進駐。この頃、精神病院の診療助手となり、ソ連軍への召集を免れる。8月、ソ連軍のルーマニア領土への反攻開始。ドイツ軍、ルーマニアより撤退。強制収容所の解放。8・23、首都で武装蜂起。アントネスク政権倒壊。国王、ファシズム体制の終焉と連合国との戦闘停止を宣言。9月、北ブコヴィナのソ連への帰属決定。秋、ツェルノヴィッツのロシア‐ウクライナ大学で学業再開（英語・英文学）。マルティン＝ブーバーを読む。ユダヤ的なものに目ざめる。ナチス迫害以前の時期に成立した詩九三篇をタイプ原稿にして仮綴作成、「詩集」と題する。ブカレストにいるアルフレート＝マルグル＝シュペルバーに詩を送る。	1月、ドイツ軍、東部戦線で全面的に敗退。6月、連合軍、ノルマンディー上陸。8月、パリ解放。
四五	25	学業中断。4月末、ツェルノヴィッツを去り、ブカレストへ。	2月、ヤルタ会談。4月、

		同郷の詩人シュペルバーに迎えられる。「死のフーガ」成立。手書きによる詩集を作成（四三〜四四年に成立の詩が中心）。ルーマニアの詩人ペトレ＝ソロモンとの交友。ゲラシム＝ルカを中心とするブカレストのシュールレアリストのサークルに入る。ロシア語からルーマニア語への翻訳、出版社の原稿審査に携わる。本名アンチェルのアナグラムであるツェラーンを筆名とする。ルート＝ラックナーとの関係終わる。	ベルリン陥落。ヒトラー自殺。5月、ドイツ、無条件降伏。7月、ポツダム会談。8月、広島・長崎に原爆投下。世界シオニスト会議、ユダヤ人のパレスティナ入国を要求。10月、国際連合発足。11月、ニュルンベルク軍事裁判始まる。
一九四六	26	チェーホフの短編小説『農民』とレールモントフの長編小説『現代の英雄』をルーマニア語に翻訳。	10月、ニュルンベルク軍事裁判終わる。
四七	27	シーモノフの戯曲『ロシアの問題』をルーマニア語に翻訳。5月、ルーマニアの雑誌「アゴラー」にパウル＝ツェラーンの名で初めて詩三篇を発表。以後、ツェラーンの筆名を使う。12月、ブカレストを去り、ブダペスト経由でウィーンへ赴く。オーストリアの表現主義雑誌「ブレンナー」の編集者で、トラークルを見出し、後援したルートヴィヒ＝フォン＝フィッカーを訪問。インスブルック近郊のミューラウにあるトラークルの墓を訪れる。	5月、日本国憲法施行。6月、マーシャル＝プランの発表。12月末、ミハイ退位、ルーマニア人民共和国誕生。
四八	28	1・15〜7・19、ウィーンに滞在。2月、オットー＝バージ	5月、イスラエル共和国

		ル編集の戦後初のオーストリア前衛文芸誌「プラーン」最終号巻頭に詩一七篇を発表（巻末にシュペルバーがバージル宛に書いたツェラーン推薦の手紙の抜粋を再録）。春、処女詩集『骨壺からの砂』（A・ゼクスル書店）を五〇〇部刊行（詩の大部分はブカレスト時代に成立。後に詩集『罌粟と記憶』に所収。反響はなく、誤植多く、回収・廃棄）。オットー＝バージル、エドガー＝ジュネ、インゲボルク＝バッハマン、クラウス＝デームス、ミロ＝ドール、ラインハルト＝フェーダーマンらと交友。エドガー＝ジュネの8枚の色刷リトグラフ作品集「夢の夢」に序文として「エドガー＝ジュネと夢の夢」を書く（七〇〇部）。7月、パリに赴く（以後、パリに住む）。ソルボンヌ大学でドイツ語・ドイツ文学と言語学を学ぶ。語学教師、翻訳を副業とする。	の独立宣言。パレスチナ戦争（第一次中東戦争）。ベン＝グリオン、首相就任。6月、ソ連のベルリン封鎖（～四九）。東西冷戦の激化。
一九四九	29	散文『逆光』を発表。11月、イヴァン＝ゴル（翌年没）を知る。ジャン＝コクトーの『黄金のカーテン』をドイツ語に翻訳。	5月、ドイツ連邦共和国成立。アデナウアー、初代首相に就任。8月、NATO成立。10月、ドイツ民主共和国成立。
五〇	30	ソルボンヌ大学卒業。文学士となる。フリーの文筆家・翻訳家の生活に入る。	6月、朝鮮戦争おこる（～五三）。
五一	31	アドルノ「アウシュヴィッツ後に詩を書くことは野蛮である」	9月、サンフランシスコ

		（「文化批判と社会」）。ベンのマールブルク講演「抒情詩の諸問題」。	講和条約、日米安全保障条約調印。
一九五二	32	5・23～25、バルト海に近いリューベック郊外のニーンドルフで開催の四七年グループの集まりで自作詩の朗読。秋、第一詩集『罌粟と記憶』（ドイツ出版社）刊行。クリスマスに版画家ジゼル＝ドゥ＝レストランジェと結婚（二七年生まれの彼女はブルターニュのカトリック信仰に篤い貴族の家柄の出身）。	
五三	33	E・M・シオランの『崩壊概論』をドイツ語に翻訳。長男フランソワ、誕生後まもなく死亡。	3月、スターリン死去。6月、東ドイツで反ソ暴動。
五四	34	ピカソの六幕の戯曲『尻尾をつかまれた欲望』をドイツ語に翻訳。ネリー＝ザックスと文通を始める。	
五五	35	第二詩集『敷居から敷居へ』（ドイツ出版社）刊行。ジョルジュ＝シムノンの『メグレ間違う』『メグレと恐るべき子供たち』をドイツ語に翻訳。次男エリック誕生。	5月、パリ条約発効。西独、主権回復。ＮＡＴＯに加盟。東独、ワルシャワ条約機構に加盟。トーマス＝マン、死去。
五六	36	ナチスの強制収容所に関するアラン＝レネの映画「夜と霧」のジャン＝ケロールのバックグランド物語をドイツ語訳。	ベン、ブレヒト、カロッサ死去。10月、ハンガリー動乱。
五七	37	ドイツ産業団体連邦連合会（ＢＤＩ）の文化部門で名誉賞を	ソ連、人工衛星の打ち上

		受賞。夏、「時々、私はドイツでの詩の朗読に招待されます。反ユダヤ主義者たちも私を見つけ出したのです」とブカレストのペトレ＝ソロモン宛の手紙に書く。	げに成功。
一九五八	38	1月、自由ハンザ都市ブレーメン文学賞を受賞。「自由ハンザ都市ブレーメン文学賞受賞の挨拶」（ここで初めて公式に自らのユダヤ人としての出自に間接的に言及。同年の「アクツェンテ」第五号の付録に掲載）。アレクサンドル＝ブロークの叙事的交響詩『十二』（S・フィッシャー書店）、アルチュール＝ランボーの詩『酔いどれ船』（インゼル書店）をドイツ語に翻訳。オシップ＝マンデリシュタムの詩の翻訳を始める。	1月、欧州経済共同体（EEC）発足。3月、フルシチョフ、ソ連首相となる。
五九	39	第三詩集『言葉の格子』（S・フィッシャー書店）刊行。ジャン＝バゼンの『現代絵画についての覚え書』、ルネ＝シャールの『眠りの神の手帖』『凍結した明るさに』（S・フィッシャー書店）、マンデリシュタムの『詩集』（S・フィッシャー書店）を翻訳。パリのエコール＝ノルマル＝シュペリュール（高等師範学校）のドイツ語・ドイツ文学講師の職に就く。チューリヒで初めてネリー＝ザックスと会う。「私たちはこれからお互い真実を与えあっていきましょう。パリとストックホルムを悲しみと慰めの子午線が走っているのです」（10・28付、ネリー＝ザックスからツェラーン宛の手紙）。こ	1月、キューバ革命。

一九六〇　40

の頃からユダヤ人であるというアイデンティティ意識が強固になると同時に、反ユダヤ主義に対する恐れが増大。3月、ツェラーンがイヴァン＝ゴルの作品から剽窃《ひょうせつ》したとの誹謗文書を未亡人クレール＝ゴルが発表。彼に対するこの攻撃は後にダルムシュタットのアカデミーの調査やエンツェンスベルガー、バッハマン、カシュニッツ、イェンスらの発言で、根拠のない中傷と判明したが、情緒不安定で繊細なツェラーンを極端な迫害妄想にかり立てる。「あなたは連邦共和国でのネオナチズムの画策をご存じでしょう。こうした画策とはっきり関連していますが、かなり前から私と私の詩をつぶそうとする試みが生じています」（7・30付、シュペルバー宛の手紙）。この年から六二年の間、ネオナチスが自分を「片づけ」ようとしているという恐怖に絶えず苛まれる。ユダヤ人としての自意識、クレール＝ゴルの誹謗、ネオナチズムへの不安、生き残りとしての罪意識、これらが総合的に作用して、晩年の10年間、人格的危機を惹起し、やがて精神に変調をきたす。5月、ネリー＝ザックスとチューリヒで会い、信仰について対話、神秘的経験を共有する。二、三日後にザックスはツェラーン宅を訪問。「まだ憶えておいでですか、二度目に神について拙宅で話をしていたとき、黄金の微光が壁に顕現しましたね」

1月、日米新安全保障条約調印。
この年、アフリカ諸国があいついで独立。

一九六一	41	（8・19付、ザックス宛の手紙）。パリ滞在中、ザックスはツェラーンがパラノイアの深刻な状態にあることに気づく。9・13、マルティン＝ブーバーと会い、サイン入りの『我と汝』を贈られる。ゲオルク＝ビューヒナー賞受賞。10・22、ダルムシュタットで受賞講演「子午線」（翌年、言語と詩のためのドイツ-アカデミーの年報に掲載。別刷も刊行）。散文『山中の対話』（執筆は前年8月。雑誌「ノイエ-ルントシャウ」第二号七二）。ポール＝ヴァレリーの『若きパルク』（インゼン書店）をドイツ語訳。「一九六〇年5月18日付、ハンス＝ベンダー宛の手紙」（ベンダー編のアンソロジー『わが詩はわがナイフ』増補版に掲載）。ジャン＝ケロールの小説『夜の領域で』、セルゲイ＝エセーニンの『詩集』（S・フィッシャー書店）をドイツ語訳。	ケネディ、米大統領に就任。4月、ソ連、人間衛星船の打ち上げ成功。8月、ベルリンの壁構築。
六二	42	『詩選集』（彼の協力で、クラウス＝ヴァーゲンバッハの選と註釈。教科書版。S・フィッシャー書店）刊行。「いわゆる連邦共和国では私に対して起こされた中傷キャンペーンは進行中です。ドイツ-マルクの国はどこかが腐っています」（2・8付、シュペルバー宛の手紙）。「私の破滅、または私の狂気について噂を広めている者が何人かいます。……他にも文字通り私がもはやいないことを証明したり語ったりする人がいます」（3・7付、レナートソン宛の手紙）。関係のあったド	7月、アルジェリア独立。10月、キューバ危機。

イツ出版社とS・フィッシャー書店を、剽窃スキャンダルの際に弁護しなかったとして非難、関係悪化。「私はもう何も出版できません。（主な黒幕の一人はS・フィッシャー書店のR・H氏です）。驚くほど到るところにネオナチス（ゲッベルスの帝国のネオナチスその他）がいて、ハンス＝マイヤーもそのことに多分ほとんど気づいていません」（3・9付、シュペルバー宛の手紙）。ツェラーンはS・フィッシャー書店の主任で、「ノイエールントシャウ」誌の編集者のユダヤ人ルードルフ＝ヒルシュをネオナチスと信じていた。それでも六五年までS・フィッシャー書店に留まる。「私に授与された賞は、このアリバイづくりの後で私を一層貶《おとし》めるためなのです」（同上の手紙）。「最近あなたに手紙と詩を一篇送りましたが（その詩はネオナチズムのドイツの人達とその共犯者によって——言葉のもっとも真実な意味において——抹殺される者の叫びとして理解してほしいのです）……もはや出版の可能性はありません」（3・22付、ソロモン宛の手紙）。「私はナチズムにはそれがどこに出没しようとも対抗してきました、いつでも。——しかしネオナチズムは非常に複雑な現象です。……それは倒錯の時間であり、あらゆる両義牲と二重性の時間です。……過去は新たな価値を与えられます——しかしどんな未来のために？」（4・25付、ソロモン宛

一九六三	43	の手紙)。「私の血液型はすべての原人 Urmenschen、おそらくすべての人非人 Unmenschen と同様にO型です。私はどっちつかずです」(H・フッペルトへの発言)。 4月、西ベルリン芸術アカデミーに加入。 第四詩集『誰でもない者の薔薇』(S・フィッシャー書店)刊行。1月、精神科病院に入院。最初は拒否したが、後に自分が精神病を患っていることをはっきりと受け容れる。その後、自死までの七年間の度重なる入退院のはじめである。これまでほとんど使わなかった「狂気」という語が詩に出現し始める。	エーアハルト、西独の首相に就任。
六四	44	ノルトライン-ヴェストファーレン州の芸術大賞受賞。受賞会場で壇上にクレール＝ゴルの演出した誹謗に加担した男を認めたツェラーンは受賞を拒否しようとするもジルバーマンにとりなされる。オーストリア-ペンクラブ脱会。「かなり以前から私はユダヤ人の参加も含めてさまざまな参加のもと、あるリベラルな反ユダヤ主義を新たに甦らそうとする努力に注意している」(3・27付、トールベルク宛の手紙)。	ソ連、フルシチョフ失脚。
六五	45	秋、限定版詩画集『呼吸の結晶』(妻ジゼルのエッチング8枚。後に詩集『呼吸の転回』所収。パリ、ブリュニドール社)八五部刊行。S・フィッシャー書店刊行の『一九四五	3月、西ドイツ、ナチ犯罪の時効を無期延期。ルーマニアのチャウシェ

		年――詩と報告』に寄稿を要請されたが、以前ナチスと親密な関係にあった作家が加わっていることを知り、詩の転載を拒否。ところがこの冒頭に『誰でもない者の薔薇』のなかの詩句が無断で使われたことに憤激。契約を解除してズーアカンプ社に移る（六八年、訴訟をおこす）。	スク、政権に就く。人民共和国から社会主義共和国へ。
一九六六	46	『詩選集』（現代ブッククラブ）。「真実、雨蛙、作家そしてコウノトリ」（ノイマン宛の手紙。ノイマン編『三四人の初恋。ドキュメンタリー物語』所収）。アンリ＝ミショーの『作品集I』（S・フィッシャー書店）をドイツ語訳。	キージンガー、西独の首相に就任。
六七	47	第五詩集『呼吸の転回』（ズーアカンプ社）刊行。シェークスピアの『二一のソネット』（インゼル書店）、ジャン＝デーブの詩集『白い小数位』（メルキュール‐ド‐フランス）をドイツ語訳。7・24、フライブルク大学で詩を朗読。この時、ツェラーンに理解と関心をもつハイデッガーが出席（それに先立って彼と会った時にツェラーンは一緒の写真に収まることを拒否）。以前からハイデッガーの著作に取り組むとともにナチ時代の彼の反ユダヤ主義的言動にこだわっていた。7・25、ハイデッガーのトートナウベルクの山荘に招かれる。7・26、フランクフルト‐アム‐マインのカシュニッツを訪問。カシュニッツ、ツェラーンの変わり様に驚く。8・1、フランクフルトで詩「トートナウベル	1月、西独、ルーマニアと国交樹立。6月、第3次中東戦争（六日戦争）おこる。7月、EC発足。12月、チャウシェスク、ルーマニア国家評議会議長に就任。

一九六八	48	ク」を書く。 『詩選集』（ベーダ＝アレマンの後書き。ズーアカンプ社）。 第六詩集『糸の太陽』（生前最後の詩集。ズーアカンプ社）刊行。限定版『トートナウベルク』（後に詩集『光の強迫』所収、詩一篇からなる私家版。ファドゥーツ、ブリュニドール社）五〇部刊行（ハイデッガーにも一部送る）。「シュピーゲル誌のアンケートへの回答」（「革命は不可避か？」――エンツェンスベルガーの二者択一に対する四二の回答に所収）。アンドレ＝ドュ＝ブーシェの『うつろな熱さのなかで』（ズーアカンプ社）、ジュール＝シュペルヴィエルの『詩集』（インゼル書店）、ジュゼッペ＝ウンガレッティの『約束の地』『老人の手帳』（インゼル書店）を翻訳。6月、フライブルクで自作詩の朗読。秋、フランスの文芸雑誌「レフェメール」の同人となる。自殺に至るまでこの雑誌にかかわる。	5月、パリで五月革命。 8月、チェコスロヴァキアの自由化運動（プラハの春）、ワルシャワ条約機構軍の介入で挫折。
六九	49	限定版詩画集『闇の通行税』（詩一四篇。後に詩集『光の強迫』第一部所収。妻ジゼルのエッチング15枚。ファドゥーツ、ブリュニドール社）八五部刊行。「詩はもはや自らを押しつけようとするのではなく、自らを曝そうとするものである」（3・26付の一文。翌年夏、「レフェメール」第一四号に自筆文を複写で掲載）。10月、最初で最後のイスラエル旅行。エルサレムのジャーナリストハウスのホールで詩を朗読。テル	ブラント、西独の首相に就任。東側との和解政策始まる。

一九七〇	50	アヴィヴのヘブライ作家同盟で挨拶。「パリという町はもう私には全く手に負えません――そしておよそこの世界とこの時代が」（10・20付、バウマン宛の手紙）。『詩選集』（クラウス＝ライヒェルト編集。ズーアカンプ社）。7月、第七詩集『光の強迫』（六八～七〇年に成立の詩を集成。ズーアカンプ社）。ジャック＝デュパン『大きくなりゆく夜』をドイツ語訳。3月、フライブルクでハイデッガーと再会するも相互理解に進展なし。彼の新著『思索の事象のために』を受ける。3・22、シュトゥットガルトでのヘルダーリーン学会で『光の強迫』より数篇を朗読。聴衆は無理解な批判と無関心を示す。「ツェラーンは病んでいます――救いがたいほどに」（ハイデッガーの言葉）。この頃、バウマンとコルマルでグリューネヴァルトの「イーゼンハイムの祭壇画」を見る。4・20（推定）、セーヌ川に投身。	8月、西独とソ連、武力不行使の条約調印。12月、西独、ポーランドと国交正常化条約調印。
七一		春、遺稿詩集『雪のパート』（遺品の中にあった詩集として出版が予定されていた手書きの完成稿。六七年12月より六八年10月までに成立の詩を集成。ズーアカンプ社）刊行。	10月、中華人民共和国、国連加盟。
七五		『詩集』（全二巻。アレマン編、後書き。ズーアカンプ社）刊行。	
七六		遺稿詩集『時の屋敷』（一篇を除き、六九年2月より七〇年4月までに成立の詩を成立順に編集。ズーアカンプ社）刊行。	ハイデッガー死去。

一九八三		『全集』(五巻。アレマン他編。ズーアカンプ社)刊行。	
八五		詩集『詩一九三八――一九四四年』(ルート＝クラフトの序文と註釈。ズーアカンプ社)刊行。	
八九		『初期作品』(ズーアカンプ社)刊行。	11月、ベルリンの壁撤去。
九〇		歴史批判版『全集』(一四巻。ズーアカンプ社)刊行開始。	10月、東西ドイツの統一。
九一		詩集『闇に包まれて』(六六年2～5月に成立の遺稿詩を三部構成したもの。第一部は六八年に発表済。ズーアカンプ社)刊行。	12月、ソ連邦の解体。

年譜作成に際して、主として Israel Chalfen : Paul Celan. Eine Biographie seiner Jugend. Frankfurt am Main. 1979, Gerhart Baumann : Erinnerungen an Paul Celan. Frankfurt am Main. 1986, Edith Silbermann : Begegnung mit Paul Celan. Aachen. 1993, James K. Lyon : Judentum, Antisemitismus, Verfolgungswahn : Celans "Krise" 1960-1962. In : Celan-Jahrbuch 3. Heidelberg 1990,「ユリイカ」一九九二年1月号の相原勝「ツェラーン年譜」を参考にした。

参考文献

●ツェラーンの著作の翻訳

『パウル・ツェラン全詩集』（全三巻）　中村朝子訳 —— 青土社　一九九二

『パウル・ツェラン詩集』　飯吉光夫訳編 —— 思潮社　一九七五

『パウル・ツェラン詩集』　飯吉光夫編訳 —— 小沢書店　一九九三

『罌粟《けし》と記憶』　飯吉光夫訳 —— 静地社　一九八九

『閾から閾へ』　飯吉光夫訳 —— 思潮社　一九九〇

『ことばの格子』　飯吉光夫訳 —— 書肆山田　一九九〇

『誰でもないものの薔薇』　飯吉光夫訳 —— 静地社　一九九〇

『迫る光——パウル・ツェラン詩集』　飯吉光夫訳 —— 思潮社　一九七二

『雪の区域』　飯吉光夫訳 —— 静地社　一九八五

『パウル・ツェラン詩論集』　飯吉光夫訳 —— 静地社　一九八六

●ツェラーンの著作の原典

〔**全集**〕

Gesammelte Werke in fünf Bänden, hrsg. von Beda Allemann und Stefan Reichert unter Mitwirkung von Rolf Bücher. Suhrkamp Verlag. 1983 (auch : st 1331–1332. 1986)

〔**選集**〕

Ausgewählte Gedichte. Zwei Reden, Nachwort von Beda Allemann. edition suhrkamp 262. 1968

Ausgewählte Gedichte. Auswahl und Nachbemerkung von Klaus Reichert. Suhrkamp Verlag.

1970
Gedichte, editorisches Nachwort von Beda Allemann, 2 Bde. Suhrkamp Verlag. 1975

●ツェラーン研究文献

飯吉光夫　『パウル・ツェラン』――小沢書店　一九七七
界瓦歩（室本敬）　『「だれでもないもの」の「抵抗」――パウル・ツェランと詩』――もく馬社　一九八二
生野幸吉　『闇の子午線　パウル・ツェラン』――岩波書店　一九九〇
ジャック・デリダ　『シボレート――パウル・ツェランのために』　飯吉光夫・小林康夫・守中高明訳――岩波書店　一九九〇

「現代詩手帖」　一九九〇年五月号――思想社
「ユリイカ」　一九九二年一月号――青土社

その他の夥しい数の研究論文や関連文献については、相原勝氏の詳細な書誌「日本におけるパウル・ツェラーン――翻訳と研究文献」（日本独文学会「ドイツ文学」第八六号、一九九一）が有益である。

欧文文献は正に汗牛充棟の感があり、ここではあえて次の二冊の、いずれも大部の文献目録書を挙げるにとどめる。

Christiane Bohrer : Paul Celan – Bibliographie. Verlag Peter Lang. 1989
Jerry Glenn : Paul Celan. Eine Bibliographie. Otto Harrassowitz. 1989

さくいん

【人　名】

【事　項】

【地　名】

【書　名】

【ツェラーン引用作品】

ツェラーン■人と思想129　　定価はカバーに表示

1996年1月15日　第1刷発行©
2016年9月25日　新装版第1刷発行©

・著　者 ……………………… 森《もり》　治《おさむ》
・発行者 ……………………… 渡部　哲治
・印刷所 ……………………… 広研印刷株式会社
・発行所 ……………………… 株式会社　清水書院

〒102-0072　東京都千代田区飯田橋3-11-6
Tel・03(5213)7151～7
振替口座・00130-3-5283
http://www.shimizushoin.co.jp

検印省略
落丁本・乱丁本はおとりかえします。

Century Books

Printed in Japan
ISBN978-4-389-42129-8

CenturyBooks

清水書院の〝センチュリーブックス〟発刊のことば

近年の科学技術の発達は、まことに目覚ましいものがあります。月世界への旅行も、近い将来のこととして、夢ではなくなりました。しかし、一方、人間性は疎外され、文化も、商品化されようとしていることも、否定できません。

いま、人間性の回復をはかり、先人の遺した偉大な文化を継承して、高貴な精神の城を守り、明日への創造に資することは、今世紀に生きる私たちの、重大な責務であると信じます。

私たちがここに、「センチュリーブックス」を刊行いたしますのは、人間形成期にある学生・生徒の諸君、職場にある若い世代に精神の糧を提供し、この責任の一端を果たしたいためであります。

ここに読者諸氏の豊かな人間性を讃えつつご愛読を願います。

一九六七年

清水梅仙

SHIMIZU SHOIN

【人と思想】 既刊本

老子	高橋　進
孔子	内野熊一郎他
ソクラテス	中野　幸次
釈迦	副島　正光
プラトン	中野　幸次
アリストテレス	堀田　彰
イエス	八木　誠一
親鸞	古田　武彦
ルター	小牧　治 泉谷周三郎
カルヴァン	渡辺　信夫
デカルト	伊藤　勝彦
パスカル	小松　摂郎
ロック	浜林正夫他
ルソー	中里　良二
カント	小牧　治
ベンサム	山田　英世
ヘーゲル	澤田　章
J・S・ミル	菊川　忠夫
キルケゴール	工藤　綏夫
マルクス	小牧　治
福沢諭吉	鹿野　政直
ニーチェ	工藤　綏夫
J・デューイ	山田　英世
フロイト	鈴村　金彌
内村鑑三	関根　正雄
ロマン＝ロラン	村上　嘉隆 村上　益子
孫文	横山　英 中山　義弘
ガンジー	坂本　徳松
レーニン	中野　徹三 高岡健次郎
ラッセル	金子　光男
シュバイツァー	泉谷周三郎
ネルー	中村　平治
毛沢東	宇野　重昭
サルトル	村上　嘉隆
ハイデッガー	新井　恵雄
ヤスパース	宇都宮芳明
孟子	加賀　栄治
荘子	鈴木　修次
アウグスティヌス	宮谷　宣史
トーマス・マン	村田　經和
シラー	内藤　克彦
道元	山折　哲雄
ベーコン	石井　栄一
マザーテレサ	和田　町子
中江藤樹	渡部　武
ブルトマン	笠井　恵二
本居宣長	本山　幸彦
佐久間象山	奈良本辰也 左方　郁子
ホッブズ	田中　浩
田中正造	布川　清司
幸徳秋水	絲屋　寿雄
スタンダール	鈴木昭一郎
和辻哲郎	小牧　治
マキアヴェリ	西村　貞二
河上肇	山田　洸
アルチュセール	今村　仁司
杜甫	鈴木　修次
スピノザ	工藤　喜作
ユング	林　道義
フロム	安田　一郎
マイネッケ	西村　貞二
エラスムス	斎藤　美洲
パウロ	八木　誠一
ブレヒト	岩淵　達治
ダンテ	野上　素一
ダーウィン	江上　生子
ゲーテ	星野　慎一
ヴィクトル＝ユゴー	辻　昶 丸岡　高弘
トインビー	吉沢　五郎
フォイエルバッハ	宇都宮芳明

平塚らいてう	小林登美枝
フッサール	加藤精司
ゾラ	尾崎和郎
ボーヴォワール	村上益子
カール=バルト	大島末男
ウィトゲンシュタイン	岡田雅勝
ショーペンハウアー	遠山義孝
マックス=ヴェーバー	住谷一彦他
D・H・ロレンス	倉持三郎
ヒューム	泉谷周三郎
シェイクスピア	福田陸太郎 菊川倫子
ドストエフスキイ	井桁貞義
エピクロスとストア	堀田彰
アダム=スミス	浜林正夫 鈴木亮
ポパー	川村仁也
フンボルト	西村貞二
白楽天	花房英樹
ベンヤミン	村上隆夫
ヘッセ	井手賁夫
フィヒテ	福吉勝男
大杉栄	高野澄
ボンヘッファー	村上伸
ケインズ	浅野栄一
エドガー=A=ポー	佐渡谷重信
ウェスレー	野呂芳男
レヴィ=ストロース	吉田禎吾他
ブルクハルト	西村貞二
ハイゼンベルク	小出昭一郎
ヴァレリー	山田直
プランク	高田誠二
ラヴォアジエ	中川鶴太郎
T・S・エリオット	徳永暢三
シュトルム	宮内芳明
マーティン=L=キング	梶原寿
ペスタロッチ	長尾十三二 福田弘
玄奘	三友量順
ヴェーユ	冨原眞弓
ホルクハイマー	小牧治
サン=テグジュペリ	稲垣直樹
西光万吉	師岡佑行
ヴァイツゼッカー	加藤常昭
メルロ=ポンティ	村上隆夫
オリゲネス	小高毅
トマス=アクィナス	稲垣良典
ファラデーとマクスウェル	後藤憲一
津田梅子	古木宜志子
シュニツラー	岩淵達治
タゴール	丹羽京子
カステリョ	出村彰
ヴェルレーヌ	野内良三
コルベ	川下勝
ドゥルーズ	鈴木亨
「白バラ」	関楠生
リジュのテレーズ	菊地多嘉子
リッター	西村貞二
プルースト	石木隆治
ブロンテ姉妹	青山誠子
ツェラーン	森治
ムッソリーニ	木村裕主
モーパッサン	村松定史
大乗仏教の思想	副島正光
解放の神学	梶原寿
ミルトン	新井明
ティリッヒ	大島末男
神谷美恵子	江尻美穂子
レイチェル=カーソン	太田哲男
オルテガ	渡辺修
アレクサンドル=デュマ	辻昶 稲垣直樹
西行	渡部治
ジョルジュ=サンド	坂本千代
マリア	吉山登

ラス＝カサス　染田秀藤
吉田松陰　高橋文博
パステルナーク　前木祥子
パース　岡田雅勝
南極のスコット　中田修
アドルノ　小牧治
良寛　山崎昇
グーテンベルク　戸叶勝也
ハイネ　一條正雄
トマス＝ハーディ　倉持三郎
古代イスラエルの預言者たち　木田献一
シオドア＝ドライサー　岩元巌
ナイチンゲール　小玉香津子
ザビエル　尾原悟
ラーマクリシュナ　堀内みどり
フーコー　今村仁司・栗原仁
トニ＝モリスン　吉田廸子
悲劇と福音　佐藤研
リルケ　星野慎一・小磯仁
トルストイ　八島雅彦
ミリンダ王　森祖道・浪花宣明
フレーベル　小笠原道雄

ヴェーダからウパニシャッドへ　針貝邦生
ベルイマン　小松弘
アルベール＝カミュ　井上正
バルザック　高山鉄男
モンテーニュ　大久保康明
ミュッセ　野内良三
ヘルダリーン　小磯仁
チェスタトン　山形和美
キケロー　角田幸彦
紫式部　沢田正子
デリダ　上利博規
ハーバーマス　小牧治・村上隆夫
三木清　永野基綱
グロティウス　柳原正治
シャンカラ　島岩
ハンナ＝アーレント　太田哲男
ミダース王　西澤龍生
ビスマルク　加納邦光
オパーリン　江上生子
アッシジのフランチェスコ　川下勝
スタール夫人　佐藤夏生
セネカ　角田幸彦

ペテロ　川島貞雄
ジョン・スタインベック　中山喜代市
漢の武帝　永田英正
アンデルセン　安達忠夫
ライプニッツ　酒井潔
アメリゴ＝ヴェスプッチ　篠原愛人
陸奥宗光　安岡昭男